INVENTAIRE DES SCULPTURES

COMMANDÉES AU XVIIIe SIÈCLE

PAR LA

DIRECTION GÉNÉRALE DES BÂTIMENTS DU ROI

(1720-1790)

PAR

MARC FURCY-RAYNAUD

Attaché à la Bibliothèque de l'Arsenal

JEAN SCHEMIT, LIBRAIRE

52, rue Laffitte, Paris

1909

INVENTAIRE DES SCULPTURES

COMMANDÉES AU XVIIIᵉ SIÈCLE

PAR LA

DIRECTION GÉNÉRALE DES BÂTIMENTS DU ROI

(1720-1790)

PAR

MARC FURCY-RAYNAUD

Attaché à la Bibliothèque de l'Arsenal

LE MANS

IMPRIMERIE MONNOYER

12, PLACE DES JACOBINS, 12

1909

INTRODUCTION

§ I

Tous les chercheurs savent combien il est difficile d'identifier les œuvres d'art d'une époque un peu ancienne; d'une part elles sont rarement signées et datées; d'autre part, les vicissitudes qu'elles ont subi avant d'arriver à l'emplacement qu'elles occupent actuellement, les erreurs et les omissions des anciens inventaires ne sont pas pour faciliter cette tâche.

Il faut donc s'efforcer de reconstituer, pour ainsi dire, leur état-civil, en recherchant tous les documents qui peuvent nous éclairer sur leur origine, et tâcher de les suivre dans les diverses pérégrinations jusqu'au lieu où nous les retrouvons aujourd'hui.

Les sources qui pourront nous donner une certitude suffisante pour attribuer telle statue à un sculpteur déterminé, devront être d'une part, les documents qui prouveront que cette statue a été réellement commandée à cet artiste; d'autre part, ceux qui prouveront qu'elle lui a été effectivement payée.

Ce travail, presque impossible en ce qui concerne les particuliers, est relativement facile en ce qui concerne les commandes faites pour les Bâtiments du Roi, les archives de cette administration étant conservées aujourd'hui, complètes pour certaines époques, incomplètes pour d'autres, aux Archives Nationales (série O¹).

Les commandes des Bâtiments du Roi ont une importance particulière pour l'histoire de la sculpture française; en effet, à part les bustes et les monuments funèbres, on ne trouve, au XVIIIᵉ siècle qu'un nombre relativement peu élevé de statues faites pour des particuliers; tandis que les commandes faites pour le Roi sont fort nombreuses; c'est pourquoi nous avons cru utile d'en faire l'objet d'une étude spéciale.

Nous avons suivi dans cet ouvrage le plan de l'excellent livre de M. Ferdinand Engerand sur les commandes de tableaux faites par les Bâtiments du Roi au XVIIIe siècle. Nous renvoyons le lecteur à la préface de cet ouvrage, ainsi qu'à la préface mise par M. Guiffrey en tête de sa publication des « Comptes des Bâtiments du Roi sous Louis XIV » pour tout ce qui concerne l'histoire de l'administration des Bâtiments.

L'année 1722 a été prise comme point de départ de ce travail, les Archives nationales possédant pour l'époque antérieure un inventaire topographique des sculptures possédées par le Roi, rédigé à cette date par le sculpteur Massou.

Nous donnons pour chaque commande d'une part, soit le mémoire de l'artiste, soit le passage de l'état des commandes qui la concerne, d'autre part le parfait paiement ou son ampliation.

Nous ne nous occuperons pas dans cet ouvrage des sculptures faites pour la chapelle de Versailles, ce travail ayant été fait d'une manière définitive par M. Deshairs (Revue de l'Histoire de Versailles, 1906.

Nous ne nous occuperons pas davantage des statues des Invalides et de l'Ecole militaire, ces ouvrages ayant été commandés et payés par le ministère de la Guerre.

Qu'il nous soit permis de remercier ici M. Paul Vitry du musée du Louvre et M. Gaston Brière, du musée de Versailles dont l'inépuisable obligeance nous a été d'un précieux secours dans la rédaction de ce travail.

N. B. — *Quelques notes importantes ne nous étant parvenues que pendant le cours de l'impression nous les avons placées aux* errata, *à la fin du livre.*

§ II

Sources de cet ouvrage

A. — *Sources manuscrites.*

1° *Les mémoires des artistes.*
Ces mémoires dressés par les artistes pour obtenir un accompte ou le parfait paiement de leur ouvrage devraient

être la source capitale à employer, car ils donnent non seulement le nom de l'auteur, celui de ses collaborateurs, s'il en a, mais encore une description précise de l'œuvre, l'estimation de son prix, les dates de la commande, de l'exécution et de la livraison. Malheureusement ils manquent pour toute la période antérieure à Lenormant de Tournehem, et ne sont au complet qu'à partir de l'arrivée au pouvoir de M. de Marigny ; ils manquent aussi par les dernières années de l'ancien régime.

2° *Les états de commande.*

Ces états sont le relevé (pour chaque exercice) des commandes livrées ou en cours d'exécution. Cette série est encore plus incomplète que la précédente; les Archives nationales ne possèdent guère qu'une quinzaine de ces états.

3° *Les registres de la Comptabilité des Bâtiments du Roi* qui s'étendent de 1668 à 1775. Les registres antérieurs à l'année 1716 ont été publiés par M. Guiffrey.

Ces registres doivent être dépouillés avec la plus grande attention, les travaux de sculpture étant portés presque chaque année à des chapitres différents.

4° Il existe aux Archives du Louvre un précieux registre qui s'étend de 1762 à février 1785 et contient l'ampliation des paiements avec le reçu des artistes. Ce registre vient fort heureusement combler la lacune qui s'étend de 1775 à 1785.

5° *Pour les années 1785 à 1790* on est obligé d'avoir recours aux séries suivantes : Cahier du Trésorier, Journal du Trésorier, Enregistrement des mémoires, etc. Ces registres ne donnent pas la date précise des paiements, de sorte que l'on peut dire que les renseignements exacts sur le paiement des œuvres d'art s'arrêtent au commencement de l'année 1785.

B. — *Sources imprimées.*

Outre les recueils de documents que nous citons dans notre biographie: Archives du Musée des monuments français; Correspondance des Directeurs généraux des Bâtiments du Roi; Catalogues, etc., nous citerons ci-

dessous quelques documents particulièrement importants dispersés dans divers recueils.

1° *Liste des sculptures faites pour le Roi de 1716 à 1728.* (Nouvelles Archives de l'Art Français, 1892, *p.* 119).

Les mentions de cette liste sont souvent incorrectes et doivent être soigneusement contrôlées.

2° *Etat des grâces et dons accordés par le Roi a M. de Marigny.* (PLANTET. *La collection de statues du Mis de Marigny, p.* 96).

3° *La liste des sculptures enlevées par M. de Marigny à la Salle des Antiques.*

Cette liste rédigée par Pajou pour être communiquée à la Commission des Monuments contient de graves inexactitudes (*V.* Proc.-verb. de la Commission des Monuments, *t. I, p.* 267, 268).

4° *L'inventaire de la salle des Antiques par Pajou* (*V. Furcy-Raynaud.* Deux musées de sculpture française à l'époque de la Révolution).

5° *L'inventaire des tableaux et statues du château de la Muette* (Nouv. arch. de l'art Français, 1892, *p.* 353.

6° *Le rapport de Boizot sur Louveciennes* (Proc.-verb. de la Commission des Monuments, *t. II, p.* 241).

§ III

Ouvrages cités

Archives du Musée des Monuments Français. — *Inventaire des richesses d'art. Paris* 1883-1897, *3 vol.*

COURAJOD. — *Alexandre Lenoir, son journal et le Musée des Monuments Français. Paris* 1878-1887, *3 vol.*

Correspondance du Marquis de Marigny. — *Nouvelles Archives de l'Art Français,* 1903-1904, *2 vol.*

Correspondance de M. d'Angiviller. — *Nouvelles Archives de l'Art Français,* 1905-1906, *2 vol.*

Procès-verbaux de la Commission des Monuments. — *Nouvelles Archives de l'Art Français,* 1901-1902, *2 vol.*

THIERRY. — *Guide des amateurs et des étrangers voyageurs à Paris. Paris* 1787, 2 *vol.*

THIERRY. — *Guides des amateurs et des étrangers voyageurs aux environs de Paris. Paris* 1788, 1 *vol.*

PIGANIOL DE LA FORCE. — *Description de Versailles et Marly,* 8me *édition, Paris* 1764, 2 *vol.*

F. ENGERAND. — *Inventaire des tableaux commandés et achetés par l'Administration des Bâtiments du Roi. Paris* 1889.

J. GUIFFREY. — *Comptes des Bâtiments du Roi sous Louis XIV. Paris* 1881-1901, 5 *vol.*

Notice du musée spécial de l'Ecole française. An X.

SOULIÉ. — *Notice des peintures et sculptures du musée de Versailles. Paris* 1854-55, 3 *vol.*

SOULIÉ. — *Notice des peintures et sculptures du Petit-Trianon. Paris* 1855.

Notice des peintures et sculptures du château de St-Cloud. Paris 1845.

Notice des peintures et sculptures du château de Compiègne. Paris 1845.

BARBET DE JOUY. — *Description des sculptures modernes du Musée impérial du Louvre. Paris* 1855.

A. MICHEL. — *Catalogue sommaire des sculptures, etc... du Musée du Louvre. Paris* 1897.

SEIDEL. — *La collection d'œuvres d'art françaises de S. M. le Roi de Prusse. Berlin* 1900.

Catalogue of the Wallace collection : sculpture. Londres 1905.

Catalogue de M. le Marquis de Marigny-Ménars. Paris 1782.

PLANTET. — *La collection de statues du marquis de Marigny. Paris* 1885.

FURCY-RAYNAUD. — *Deux Musées de sculpture française pendant la Révolution. Paris* 1907.

VIII

L. Deshairs. — *Documents inédits sur la chapelle du château de Versailles. Versailles* 1906.

Catalogue de la Collection de M. Rodolphe Kann. Paris 1907.

Stanislas Lami. — *Dictionnaire des sculpteurs de l'époque de Louis XIV. Paris* 1905.

Dezallier d'Argenville. — *Vie des plus fameux architectes et sculpteurs. Paris* 1787, 2 vol.

Thirion. — *Les Adam et Clodion. Paris* 1885.

Caylus. — *Vie d'Edme Bouchardon. Paris* 1762.

Guiffrey. — *Les Caffiéri. Paris* 1877.

[Cousin de Contamine]. — *Eloge de M. Coustou l'aîné. Paris* 1737.

Duplessis et Montaiglon. — *Houdon, sa vie et ses ouvrages. Revue universelle des Arts.* I. 157.

J. Le Breton. — *Notice sur Augustin Pajou. — (Réimpression). Revue universelle des Arts.* XVI. 125.

Robin. — *Eloge de Falconet. Revue Universelle des Arts.* XV. 245.

Edmund Hildebrandt. — *Leben, Werke und Schriften des Bildhauers. E. M. Falconet. Strasbourg* 1908.

Mopinot. — *Eloge de Pigalle. Londres* 1786.

Abbé Chartroux. — *La Sépulture du Dauphin et de la Dauphine à Sens. Sens* 1907.

Rocheblave. — *Le Mausolée du Maréchal de Saxe. Paris* 1897.

A. Vuafflard et H. Bourin. — *Les portraits de Marie-Antoinette. Paris* 1909.

Collection des livrets des anciens Salons (1673-1800). — *Réimpression. Paris* 1869-1873.

INVENTAIRE DES SCULPTURES

COMMANDÉES PAR LA

DIRECTION GÉNÉRALE DES BÂTIMENTS DU ROI

(1722-1789)

Lambert-Sigisbert *ADAM*, dit *ADAM* l'aîné

Une Chasseuse

Une figure représentant une *Chasseuse* qu'il a faite pour la Muette pendant l'exercice 1734, estimée..... 1.620 liv.
 (O¹ 1921 b)

Etant donné le prix peu élevé de cette statue, on peut supposer qu'elle était en pierre et a été détruite assez rapidement, car les guides de la fin du xviiiᵉ siècle ne la signalent pas.

Un Chasseur arrêtant un lion

Au sʳ ADAM l'aîné, 26 novembre 1735.
Pour faire le parfait paiement de............ 4.000 liv.
à quoi monte un groupe en pierre représentant un *Chasseur qui arrête un lion dans des filets*, pendant la présente année suivant un mémoire, ci........ .... 1.500 liv.
 (O¹ 2235)

Ce groupe, faisant pendant à un *Athlète domptant un ours*, de BOUCHARDON, fut ainsi que ce dernier, donné par le Roi à M. de CHAUVELIN, garde des sceaux, pour son château de Grosbois (ces groupes se trouvaient encore à Grosbois en 1788).(V. THIERRY, *Guide des environs de Paris*) il a sans doute mal résisté aux intempéries et n'existe plus aujourd'hui.

Le modèle de ce groupe fut exposé au Salon de 1737. Il a été gravé par M. de CAYLUS.

Le Triomphe de Neptune et d'Amphitrite

Au s^r ADAM l'aîné, 2 janvier 1743.

Pour faire le parfait paiement de 30.000 liv. à quoi montent les ouvrages de sculpture qui ont été faits à la pièce de *Neptune* du parc du château de Versailles, pendant les années 1736 à 1740, suivant un mémoire certifié, ci.. 1500 liv.

(O¹ 2242)

Le modèle en plâtre avait été exposé au Salon de 1737. V. aussi DEZALLIER D'ARGENVILLE. *Vie des Sculpteurs*, pp. 379-80.

La Chasse et la Pêche

Mémoire de deux groupes en marbre d'un seul bloc chacun, et composés de deux nymphes avec leurs attributs : les dits groupes ont été ordonnés pour Sa Majesté :

Savoir : celui de la *Chasse*, par feu M. le duc d'ANTIN, et celui de la *Pêche*, par feu M. ORRY. Ils ont été achevés sous les ordres de M. de TOURNEHEM, D^r G^l etc., par Lambert-Sigisbert ADAM l'aisné, et livrés pendant l'année 1750.

Le premier groupe composé de deux nymphes compagnes de Diane, dont une attache un héron à un arbre, et l'autre au bas de l'arbre lui tend un arc avec un carquois garni de flèches pour en former un trophée, représente la *Chasse*.

Cette composition a jeté le sculpteur dans un ouvrage très considérable dans lequel il a entrepris de rendre la nature dans toutes ses parties (telles difficultés que ce puisse être) le tout avec toute l'étude possible.

Ledit groupe est fini dès l'année 1744 et monte au juste à la somme de vingt mille livres ci............... 20.000 liv.

Le second groupe représente la *Pêche*, composé de deux nymphes qui tirent un filet plein de poissons de mer, parmi lesquels se trouve pris un petit triton. L'une des nymphes est montée sur un rocher auprès duquel elle s'appuie, elle a entouré le rocher de cordes pour tirer avec plus de force sa pêche. Sa compagne, assise au bord du rocher, ayant une jambe dans l'eau, s'efforce de tirer l'autre partie du filet ; elle paraît effrayée ainsi que sa compagne de voir un jeune triton au nombre des poissons qu'elles viennent de prendre. Derrière le rocher est attaché un trident qui sert à prendre les poissons. Un cornet maritime groupé au pied de ce rocher avec une raye, plusieurs coquillages et plantes qui croissent au bord de la mer.

Le sujet de ce groupe a jeté dans un ouvrage considérable, surtout ayant entrepris de rendre la nature dans toutes ses parties ; les draperies des nymphes, leurs cheveux voltigeants expriment l'agitation de l'air de la mer.

Comme les principes de la sculpture sont les mêmes que ceux de la peinture, qui tous deux ont pour objet l'imitation de la nature avec cette différence que le peintre opère plus facilement et avec moins de risques, pouvant changer autant de fois qu'il lui plaît ; le sculpteur doit conserver la matière saine et entière malgré tous les dangers qui se présentent soit d'éclater son marbre, ou d'en faire tomber quelques parties.

Par les précautions que ledit ADAM, qui s'est étudié toute sa vie à connaître le marbre, a pris pour s'en rendre le maître, il a tiré du bloc, comme d'un creux perdu, l'objet qu'il s'était proposé de représenter, en ôtant la matière qui l'enveloppait, malgré les difficultés qu'il a de représenter en marbre la nature en tout ce qui paraît impossible dans la sculpture.

Ce grand ouvrage qui occupe ledit ADAM depuis plusieurs années, lui coûte beaucoup de frais et a entièrement épuisé ses fonds.

L'ouvrage de ce sujet est des plus considérables pour les frais, et qui doublent au moins ceux du premier groupe.

Le prix au juste de ce dernier est de la somme de quarante mille livres.......................... 40.000 liv.

Total des deux..... ..... 60.000 »

Je soussigné, premier peintre du Roy, certifie à M. de
VANDIÈRES, D[r] G[l], que les deux groupes de marbre mentionnés
dans le présent mémoire ont été faits, livrés et approuvés à
Paris.

Ce 20 mars 1752.

COYPEL.

(O[l] 1907)

Le parfait paiement est du 10 décembre 1760 :

Au s[r] ADAM l'aîné, 589 liv. pour faire avec 61.410 liv…
etc… le parfait paiement de 62.000 liv. à quoi montent deux
groupes en marbre de la *Chasse* et de la *Pêche*… etc……
estimés 52.000 liv. et une figure aussi en marbre représentant l'*Abondance* avec ses attributs, livrée en 1758, estimée
10.000 liv. et destinée pour les jardins de Choisy, suivant
deux mémoires arrêtés et certifiés, ci………… 589 liv.

Ces deux groupes furent commandés pour les jardins de la
Muette, puis destinés à ceux de Choisy. Mais ils furent donnés
par LOUIS XV à FRÉDÉRIC II en 1749 ; ils arrivèrent à Berlin en
1752 et ornent encore aujourd'hui les jardins de Postdam, ils sont
placés auprès du grand bassin de Sans-Souci. (V. catalogue SEI-
DEL, n°s 174-175.) Le modèle de la *Pêche* fut exposé au Salon de
1739, celui de la *Chasse* au Salon de 1747.

La Poésie

Mémoire d'une figure en marbre de six pieds de hauteur,
représentant la *Poésie*, composée et exécutée pour le château
de Bellevue, par ADAM l'aîné, et placée dans l'une des niches
du vestibule, au mois de mars 1752.

Pour parvenir à l'exécution de la figure de marbre en
grand, ADAM a fait d'abord l'esquisse approuvée, ensuite le
modèle étudié de la hauteur de deux pieds six pouces, puis
il en a fait mouler le plâtre qui a été agréé par madame la
marquise de POMPADOUR.

Cette figure est le moment d'un enthousiasme poétique ;
c'est une femme nue couronnée de lauriers et qui a des ailes
à la tête ; elle regarde le ciel d'où elle reçoit le feu qui pro-

duit les pensées qu'elle est prête d'écrire sur le livre des fastes du Roi, qu'elle tient de la main gauche et soutenu aussi d'un laurier sur lequel elle se penche pour écrire. Quelques branches de ce laurier passent entre quelques-uns des feuillets du livre. Un lierre qui sort du pied d'une roche entoure la *Poésie* et lui forme une ceinture qui se termine sur sa cuisse.

Un ruban attaché sur le sein à une agrafe enrichie de perles, tient un voile léger qui, par des plis variés au gré du vent, caresse agréablement le nu.

Du pied du laurier sort la fontaine Hypocrène, et de l'autre côté sont groupés des livres, une trompette et la couronne destinés au poète fameux.

ADAM s'est appliqué à dessiner le nu de cette figure avec la grâce qui y convient : l'intention de l'auteur a été de rendre gracieux et pénétrant le caractère de la tête; les doigts des mains jouent, la plume, le cornet, les feuilles et branches du laurier sont à jour, de même que celles du lierre. Les draperies fouillées et recherchées annoncent une étoffe de soie, elles sont polies et les chairs sont seulement poncées.

Pour ledit ouvrage, la somme de... .... 10.000 liv.

(Cet ouvrage est pour le compte de madame de POMPADOUR et a été payé par elle). *(Note d'un commis des Bâtiments).*

(O¹ 1921 b)

Un petit modèle de la *Poésie* fut exposé au Salon de 1743, le grand modèle, en plâtre, au Salon de 1750; cette statue, faisant le pendant de *la Musique*, de FALCONET, resta à Bellevue jusqu'à la Révolution et fut placée ensuite dans les jardins de Saint-Cloud. Elle fut ramenée à Paris en novembre 1870 et est placée au Louvre sous le n° 481.

L'Abondance

Mémoire d'une figure en marbre pour le service du Roi ordonnée par M. le marquis de MARIGNY, commencée en 1752 et achevée par le sieur ADAM l'aîné en 1758.

Cette figure exécutée en marbre a six pieds de proportion de hauteur, elle représente *l'Abondance* avec ses attributs. Elle est destinée pour orner les jardins de Choisy.

Estimée.. 10.000 liv.

(O¹ 1921 b)

Le parfait paiement eut lieu en même temps que celui de la *Chasse* et de la *Pêche*. (V. ci-dessus).

Cette statue avait été commandée à Adam l'aîné, sous l'administration de Lenormant de Tournehem, pour le *bosquet de la Paix*, à Choisy. (V. Appendice), le plâtre fut exposé au Salon de 1753 ; elle fut donnée par le Roi le 22 mars 1768, au marquis de Marigny pour son château de Ménars ; aussi la retrouvons-nous au catalogue des statues de ce château. Elle fut achetée à la vente de ces statues par le baron Alphonse de Rothschild, pour la somme de 76.000 francs en 1881.

Nicolas-Sébastien ADAM, dit ADAM le jeune

Iris qui attache ses ailes

Mémoire d'une figure en marbre ordonnée pour le service du Roi en 1743 au sieur Adam le jeune, et terminée sous les ordres de M. le comte d'Angiviller, D^r G¹, etc. par le sieur Michel Clodion, en 1780, sauf entre lui et les héritiers Adam leurs conventions, sans recours desdits héritiers sur le Roi.

Cette figure en marbre est de grandeur naturelle et était destinée pour les jardins de Versailles. Elle représente *Iris*.

Estimée.. 10.000 liv.

Certifié le 10 mars 1781,

Signé : Pierre.

(O¹ 19216)

Un autre document nous donne les paiements suivants :

Décompte au dernier décembre 1783.

Adam le jeune, sculpteur, prix.............. 10.000 liv.

Acompte........ 2.000 »

Reste dû...... . 8.000 »

Le plâtre de cette statue commandée pour Versailles (V. Appendice), fut exposé au Salon de 1746. A la salle des Antiques en 1792, cette statue est transportée dans le jardin du

Ministère de la Police et en sort le 22 nivôse, an IV, pour être déposée dans les jardins de St-Cloud d'où elle est enlevée en novembre 1870 ; elle est actuellement dans les magasins de Versailles.

Modèle du mausolée du cardinal Fleury

Mémoire du modèle du mausolée de Son Eminence Mgr. le cardinal de FLEURY, fait par ordre de Mgr. ORRY, ministre d'Etat, etc., etc. et sous M. GABRIEL, premier architecte, par ADAM le cadet.....

Total des susdits articles............. .. . 2.016 liv.
27 février 1744.

> (O¹ 1922 b)

Le parfait paiement fut effectué le 22 avril 1744 :

Au sʳ ADAM le jeune.
1.000 liv. pour son paiement d'un modèle en cire du mausolée de Mgr. le cardinal de FLEURY qu'il a fait dans l'année déclarée suivant un mémoire certifié, ci............. 1.000 liv.

> (O¹ 2244)

On voit que les prétentions d'ADAM avaient été réduites de moitié. Ce modèle figura au Salon de 1743.

Un vase aux attributs de l'Automne

Mémoire d'un vase en marbre de 5 pieds et demi de haut pour le service du Roi, ordonné par feu M. ORRY, Dʳ Gˡ, etc., etc. fait et livré par le sieur ADAM le jeune pendant l'année 1745.

La somme de............................ 4.000 liv.

> (O¹ 1921 b)

Une autre note nous donne une description plus précise de cet ouvrage, ainsi qu'il suit :

Un vase de marbre blanc avec les attributs de l'*Automne*, etc. Primitivement destiné au parc de Choisy.

Le parfait paiement est du 19 novembre 1760 :
Au sʳ ADAM le jeune,
1.000 liv... etc... pour faire... etc... le parfait paiement
de........... . ... 4.000 liv.

à quoi monte un vase de marbre blanc avec les attributs de l'*Automne* qu'il a fait pour le service du Roi pendant l'année 1745.

Montant du mémoire certifié, ci............. 1.000 liv.
(O¹ 2256, p. 348)

Ce vase faisait pendant à un vase de PIGALLE orné des mêmes attributs; ces deux œuvres d'art furent données par le Roi au marquis de MARIGNY par bon du 22 décembre 1770, pour son château de Ménars, où elles se trouvent encore aujourd'hui.

Le dessin en avait été fait par l'architecte GABRIEL (V. Appendice).

Le catalogue des statues du marquis de MARIGNY, réédité par M. PLANTET, attribue par erreur le vase d'ADAM le jeune à VERBERCK.

Gabriel-Christophe ALLEGRAIN

La Batteuse de beurre

Mémoire d'une figure destinée pour la laiterie du château de Crécy, exécutée en pierre de Tonnerre pour Mme la marquise de POMPADOUR, sous les ordres de M. de VANDIÈRES, Dʳ Gˡ, etc... par le sʳ ALLEGRAIN, qui a 4 pieds 6 pouces de proportion et représente une petite fille nommée la *Batteuse de beurre*.

Estimée compris la pierre.................. 2.500 liv.
(O¹ 1921 b)

(V. Appendice).

Vénus

Mémoire d'une figure en marbre de grandeur naturelle faite pour le service du Roi, sous les ordres de M. le marquis de MARIGNY, Dʳ Gˡ, etc... par le sʳ ALLEGRAIN en l'année 1766.

Cette figure exécutée en marbre de grandeur naturelle représente *Vénus*.

Estimée.................................... 1.000 liv.
(O¹ 1921 b)

L'ampliation du parfait paiement est du 19 octobre 1771 :

Reçu de M. le Directeur général une ordonnance extraite de celle du 1ᵉʳ juillet 1771, adressée à M. ALLEGRAIN, etc... de 8.100 liv. qui, etc... fait le paiement parfait de 1.000 liv. à quoi monte une figure en marbre de grandeur naturelle, représentant *Vénus*, qu'il a fait pour le service du Roi, suivant un mémoire certifié.

(Registre du Louvre, p. 138).

ALLEGRAIN reçut en plus du prix convenu la gratification suivante :

Du 1ᵉʳ juillet 1771.

Au sʳ ALLEGRAIN, par gratification, en considération des soins qu'il a pris pour l'exécution et la perfection d'une statue en marbre, représentant *Vénus*, qu'il a fait pour le service du Roi, ci........................... 2.000 liv.

(O¹ 1912)

La note suivante adressée par M. de MARIGNY à PIERRE accompagne ce mémoire en date du 13 avril 1772 :

« Monsieur, je reçois dans le moment un billet de madame la « comtesse du BARRY comme ci-après :

« Madame la comtesse du BARRY qui a entendu parler avec éloge « de la *Vénus* de M. ALLEGRAIN, désire qu'elle soit rendue mercredi « à Luciennes sans y manquer. Le charpentier chargé du transport « lui remettra ses ordres, et madame la comtesse s'acquittera du « reste, vis-à-vis de M. ALLEGRAIN ».

Enfin, un *bon* du Roi faisait don à la favorite de cet ouvrage qui avait été commandé en 1755 et exposé au Salon de 1767.

. « M. PIERRE, premier peintre du Roi, fera délivrer par M. ALLE-« GRAIN, sculpteur du Roi, pour les jardins de madame la comtesse « du BARRY à Luciennes, la figure de *Vénus* en marbre, qu'il a exé-« cutée pour le Roi et qui lui était restée en dépôt à Versailles, ce « 12 avril 1772 ».

(O¹ 1912)

Quelque temps après, ALLEGRAIN adressait à M de MARIGNY le mémoire suivant :

« ALLEGRAIN, sculpteur du Roi, professeur de l'Académie royale

« de peinture et de sculpture, a fait pour le Roi une figure en
« marbre, représentant une *Baigneuse,* il lui a paru qu'elle a été
« goûtée de M. le marquis de MARIGNY et de ceux qui lui ont fait
« l'honneur de la venir voir. Comme il désirerait en faire le pendant,
« il en a déjà imaginé la pensée qu'il se propose de porter à M. le
« marquis aux jour et heure qu'il lui plaira lui indiquer ; il espère
« que ce protecteur des arts et des artistes, voudra bien seconder
« son zèle, en lui accordant un bloc de marbre pour ce pendant ».

« Le sieur ALLEGRAIN n'épargnera ni travail, ni soins pour répon-
« dre à sa confiance, et pour se rendre de plus en plus digne de
« ses bontés ».

« (M. le marquis m'a dit que le temps était trop peu favorable
« pour ordonner de nouveaux ouvrages, que d'ailleurs il n'y avait
« pas de marbre). (*Note de Montucla*) ».

   (O¹ 1921 b)

Il s'agit évidemment dans cette pièce de la *Diane* qui fait pendant à la *Vénus* dont nous venons de nous occuper et qui est actuellement au Louvre, sous le n° 483.

Comme on ne relève dans la comptabilité des Bâtiments aucune
trace de la livraison de cette statue, il est fort probable qu'elle
fut commandée et payée directement par madame du BARRY après
la mort de Louis XV. Elle fut exposée au Salon de 1777. Après
avoir été placées dans les jardins de Louveciennes ces statues
furent toutes deux confisquées avec les biens de madame du
BARRY et exposées au musée spécial de l'Ecole Française au
palais de Versailles ; à la suppression de ce musée elles entrè-
rent au musée du Louvre.

Pierre BERRUER

Statue de d'Aguesseau

Mémoire d'une des quatre statues en marbre pour le service du Roi, faites sous les ordres de M. le comte d'ANGI-
VILLER par le s^r BERRUER, pendant les années 1777 et 1779.

Cette figure en marbre représente le *chancelier d'Aguesseau,* debout et en simarre,

Estimée...................................... 10.000 liv·

Certifié le 30 octobre 1779.

Signé : PIERRE.

(O¹ 1921 b)

L'ampliation du parfait paiement est du 8 février 1779 :

Reçu une ampliation adressée au s^r BERRUER de la somme de 2.000 liv. pour faire... etc... le parfait paiement de 10.000 liv. à quoi monte une statue en marbre représentant le *chancelier d'Aguesseau,* qu'il a faite pour le service du Roi pendant les années 1779 et 1778 suivant un mémoire certifié.

Reçu de M. PIERRE l'ampliation et le mémoire ci-contre. Ce 8 février 1781.

BERRUER.

(Registre du Louvre).

Le marbre au Salon de 1779. Le modèle en terre est au musée de Sèvres.

Cette statue fut placée jusque vers 1856 dans le salon de la Paix, au palais des Tuileries ; elle fut envoyée ensuite au palais de Compiègne où elle fut placée au pied de l'escalier d'honneur ; elle s'y trouve encore aujourd'hui.

L'artiste était chargé en même temps de faire de cette statue une réplique en plâtre.

Mémoire d'une statue en plâtre exécutée pour le service du Roi, sous les ordres de M. le comte d'ANGIVILLER, par le sieur BERRUER, sculpteur du Roi pendant l'année 1787.

Cette statue a six pieds de proportion.

Elle représente le *chancelier d'Aguesseau* et est destinée pour M. d'AGUESSEAU DE FRESNE, conseiller d'Etat.

Prix fait à mille livres, ci .... 1.000 liv.

(O¹ 1921 b)

Louis-Simon BOIZOT

Travaux divers

30 août 1780, au s^r Boizot.

Lui, 20 liv. pour faire avec 1.500 liv. ci-dessus le parfait paiement de 1.520 liv., à quoi montent les ouvrages de sculpture qu'il a faite à la *Fontaine de la Croix du Trahoir,* et au *Garde-Meuble de la Couronne,* à Paris, pendant le cours de l'année 1775, suivant un mémoire certifié et arrêté, ci... 20 liv.

La fontaine dont il est question se trouve au coin de la rue Saint-Honoré et de la rue de l'Arbre-Sec. Le Garde-Meuble de la Couronne est aujourd'hui le ministère de la Marine.
  (O¹ 2766)

Bustes de Louis XVI, et de Joseph II

Mémoire des ouvrages de sculpture faits pour le service de la Reine, sous les ordres de M. le comte d'Angiviller, D^r G^l etc... par le s^r Boizot pendant l'année 1777.

Un buste du *Roy,* en marbre blanc.......... 3.000 liv.
Un buste de l'*Empereur,* en marbre blanc.... 3.000 liv.

Plus fourni deux piédestaux de forme de colonnes tronquées, en bois de chêne et de poirier, cannelées et peintes en marbre blanc veiné, avec leur base sculptée, ainsi que les tigettes remplissant les cannelures, le tout doré en plein; y compris les mêmes frais de port, transport et voyage. Pour ce... 1 500 liv.

Total......................... 7.500 »

Approuvés et livrés à Paris, le 10 août 1778.

Le parfait paiement est du 26 janvier 1779 :

Au s^r Boizot, sculpteur, 3.000 liv. pour faire etc... le parfait paiement de 8.000 liv. que Sa Majesté lui a per-

sonnellement réglées, sans tirer à conséquence, et par forme
de salaire, pour les divers ouvrages qu'il a exécutés sous les
ordres directs de la Reine, suivant un mémoire certifié et
arrêté, ci... 3.000 liv.

      (O¹ 2767)

Ces deux bustes furent exposés au Salon de 1777. Ils sont aujourd'hui au Petit Trianon.

Statue de Racine

Mémoire d'une figure exécutée en marbre pour le service
du Roi, sous les ordres de M. le comte d'ANGIVILLER, Dʳ Gˡ
etc... par le sʳ BOIZOT, sculpteur du Roi, pendant les années
1784 à 1787.

Cette figure a six pieds de proportion, elle représente
Racine.

Estimée.................................... 10.000 liv.
Envoyé aux bureaux le 27 octobre 1787.

      (O¹ 1921 b)

Le modèle en plâtre de cette statue fut exposé au Salon de 1785,
le marbre au Salon de 1787. La statue se trouve aujourd'hui à
l'Institut. Le modèle en terre au musée de Sèvres.

Edme BOUCHARDON

Groupe de Protée

15 mars 1741, au sʳ BOUCHARDON.

Pour faire le parfait paiement de 19.000 liv. à quoi montent les ouvrages de sculpture en plâtre et en plomb qu'il a
faits pour la pièce de *Neptune* du jardin du château de Versailles pendant les années 1736, jusqu'en 1738 et 1739.

Suivant un mémoire certifié ci.............. 2.000 liv.

      (O¹ 2241 p. 23)

Un Athlète domptant un ours

26 décembre 1735, au s^r BOUCHARDON.

Pour faire le parfait paiement de 4.000 liv., à quoi monte un groupe en pierre représentant un *Athlète qui fait ses efforts pour retenir un ours dont il s'est rendu maître*, pendant la présente année.

Suivant un mémoire, ci.................... 1.500 liv.

(O¹ 2235, p. 201)

Le modèle de ce groupe, fait par BOUCHARDON pendant son séjour à Rome fut exposé au Salon de 1737.

Le groupe fut donné par le Roi à M. de CHAUVELIN en même temps que le *Chasseur domptant un lion*, d'ADAM le jeune (V. plus haut). Les guides de la fin du xviiie siècle le signalent encore à Grosbois ; mais, étant sculpté dans une pierre trop tendre, il a du être détruit depuis par les intempéries M. de CAYLUS (*Vie d'Edme Bouchardon* p. 39) exprime déjà la crainte de la voir disparaître ; ce dernier a d'ailleurs exécuté une gravure d'après ce groupe.

Modèles pour la statue de Louis XIV

Mémoire d'un modèle en terre de la statue de *Louis XIV* qui devait être exécutée en marbre et placée dans l'église Notre-Dame de Paris, au lieu et place de celle de feu le s^r COYZEVOX (1).

Le modèle estimé................. .... 1.500 liv.

NOTA. — Comme M. BOUCHARDON avait négligé de produire un mémoire de ce modèle, il en a été dressé un certifié par M. COCHIN, le 26 mars 1762, pour solder cet ouvrage, et mettre en règle les Bâtiments du Roi et l'artiste.

(O¹ 1921 b)

L'ampliation du parfait paiement de ce modèle est du 29 mai 1762 :

Reçu de M. le Directeur général une ordonnance en date

---

(1) Cette statue représente Louis XIV accomplissant le vœu de son père.

du 29 mai 1762, de la somme de 1.500 liv. pour le sieur
Bouchardon, pour son paiement d'un modèle en terre, représentant *Louis XIV*, qu'il a fait pour le service du Roi,
pendant l'année 1733. Suivant un mémoire certifié.

Reçu la dite ordonnance, etc...

21 juin 1762.

E. Bouchardon.

(Registre du Louvre, p. 3).

Le plâtre de cette statue fut fait en grandeur d'exécution et payé
le 25 février 1739 :

Pour son paiement d'un modèle de la statue du feu Roi,
qu'il a fait pour être placé dans le chœur de l'église Notre-
Dame à Paris, pendant les années dernières, suivant un mémoire certifié, ci.......................... 4.225 liv.

(O¹ 2239)

Une note des Archives nous apprend que « Le grand modèle en
« plâtre de la statue de Louis XIV, fut ordonné pour le chœur de
« Notre-Dame (M. Orry ordonna d'en briser le modèle et de tra-
« vailler préférablement à une statue de l'*Amour qui forme un
« arc de la massue d'Hercule* »).

Le comte de Caylus, dans sa *Vie d'Edme Bouchardon* (p. 57) écrit
en parlant de cette statue : « Bouchardon n'en a fait que le modèle
« en grand et terminé. Comme il se disposait à l'exécuter en mar-
« bre, l'ouvrage fut suspendu pour des raisons que j'ignore et n'a
« point été exécuté dans la suite à la grande satisfaction de Bou_
« chardon, qui n'y travaillait qu'à regret et qui fut très content
« d'être soulagé d'un ouvrage aussi périlleux ».

Le mausolée du cardinal Fleury

Du 22 avril 1744.

Au sr Bouchardon, sculpteur.

1.000 liv. pour son paiement d'un modèle en cire du mausolée de Mgr le cardinal de Fleury, qu'il a fait dans l'année
dernière, suivant un mémoire certifié.......... 1.000 liv.

(O¹ 2244)

Ce modèle fut exposé au Salon de 1743.

A la suite du concours Bouchardon fut chargé de l'exécution de
ce mausolée et fit diverses modifications à son premier projet, ce
qui occasionna l'exécution de plusieurs autres maquettes.

Mémoire des quatre modèles en terre d'un tombeau projeté pour Mgr le cardinal de FLEURY, ordonné par feu M. ORRY, D^r G^l, etc... lesdits modèles faits par le s^r BOUCHARDON, pendant l'année 1744.

Le s^r BOUCHARDON a fait quatre modèles, dont deux plus étudiés, pour le tombeau de Mgr le cardinal de FLEURY, qui devait s'exécuter dans l'église de Saint-Louis du Louvre.

Lesdits quatre modèles estimés............. 4.000 liv. faits pour le service du Roi, à Paris, ce 31 mars 1760.

(O¹ 1921 b)

Une note de 1760 nous apprend que : « Le s^r BOUCHARDON a fait « quatre modèles, dont deux plus étudiés, et comme il devait avoir « l'exécution de celui approuvé, il a reçu 4.000 liv. d'acompte. « Comme l'ouvrage paraît suspendu, je propose de consommer cet « acompte, tant pour un mémoire des quatre modèles qu'à titre de « dédommagement ».

(O¹ 1921 a)

Le parfait paiement de ces quatre modèles fut effectué le 10 décembre 1760 :

Au s^r BOUCHARDON, sculpteur.

500 liv. pour faire, etc... le parfait paiement de 4.000 liv. à quoi montent quatre modèles en terre qu'il a fait en 1744, pour le tombeau de Mgr le cardinal de FLEURY, qui devait s'exécuter dans l'église Saint-Louis du Louvre.

Suivant un mémoire certifié, ci...... .... 500 liv.

(O¹ 2256)

BOUCHARDON avait commencé l'exécution en plâtre, et même, semble-t-il, l'ébauche en marbre, comme paraissent le prouver divers acomptes qu'il reçut et dont le dernier est en date du 17 février 1745 :

1.000 liv. acompte du modèle en plâtre et ébauche en marbre qu'il a fait du tombeau de Mgr le cardinal de FLEURY.

(O¹ 2244)

Et en note :

(Retiré, par ordonnance, en recette sur l'exercice 1750.

Cette dernière note semble annoncer l'interruption brusque des travaux.

Au sujet de ce tombeau, CAYLUS dit, dans sa *Vie d'Edme Bouchardon*, p. 56. « Cet ouvrage n'a point été exécuté, des obstacles « généraux s'y opposèrent. La famille du cardinal lui a depuis « élevé un monument à ses dépens dans la même église et s'en « est reposée sur les soins de M. LEMOYNE, sculpteur de votre « Académie » (V. ROSEROT. *Le Mausolée du cardinal Fleury*. — Réunion des sociétés des Beaux-Arts des départements, 1893, p. 419).

Statue de l'Amour

Mémoire pour une figure en marbre, représentant l'*Amour qui forme un arc de la massue d'Hercule*, livrée pendant l'année 1750.

Estimée. . . . .   15.000 liv.

Gratification pour ladite figure. 6.000

Total. . . . .   21.000 liv.

(O¹ 1921 b)

Le parfait paiement est du 29 juin 1753 :

Au sʳ BOUCHARDON, sculpteur.

3.200 liv... Pour faire.. etc... le parfait paiement de 21.000 liv. à quoi monte, compris 6.000 liv. de gratification, une figure en marbre, représentant l'*Amour* qu'il a faite pour le service du Roi et livrée en 1750, suivant un mémoire certifié, ci. . . . .   3,200 liv.

(O¹ 2250, p. 329)

Un petit modèle en terre de *l'Amour* fut exposé au Salon de 1739. Le plâtre fut exposé au Salon de 1746 ; cette statue, placée d'abord à l'orangerie de Choisy, en fut ramenée en septembre 1778, et déposée à la salle des Antiques, pour permettre à MOUCHY de la copier ; elle y resta jusqu'à la dispersion de celle-ci et fut exposée ensuite au Muséum central ; demandée par FONTAINE pour la décoration du palais de Saint-Cloud, le 11 thermidor an X elle ne lui fut pas accordée (1). Elle est actuellement au Louvre, sous le n° 509.

(1) V. COURAJOD. *Alex. Lenoir*, t. II, p. LXXXI, Archives du musée des Monuments Français et Corresp. de M. d'ANGIVILLER, t. I.

Bouchardon avait été prié de choisir l'artiste qui devait faire une copie de cette statue, comme le prouve la note suivante :

« Ordre de faire faire une copie du marbre de sa figure de « l'*Amour* pour le *bosquet de l'Amour* dans les jardins de « Bellevue » (Etat non daté (O¹ 1921 a). Ce fut Mouchy qui accomplit ce travail, mais seulement en 1778, pour le Petit Trianon (1).

(V. Roserot. *La statue de l'Amour*, d'Edme Bouchardon. *Gazette des Beaux-Arts*, 1906, T. I, p. 309

Jacques BOUSSEAU

Deux Vases

28 août 1737, au sʳ Bousseau.

Paiement de deux vases qu'il a fait en marbre pour ledit jardin de Marly, pendant les années 1730 et 1731.

Suivant un mémoire ci........ .... 5.400 liv.

(O¹ 2331, p. 371)

Ces deux vases, commandés pour Marly furent envoyés à la Muette ; l'inventaire de 1746 les décrit ainsi : « Deux vases de marbre de 5 p. de haut, ornés de feuilles de chêne et d'attributs de chasse. »

La Religion et deux maquettes

Mémoire des ouvrages de sculpture faits pour le Roi, par l'ordre de feu Mgr le duc d'Antin, par Jacques Bousseau, sculpteur de S. M., etc., commencés en 1731 et finis en 1736.

Avoir fait un modèle en cire, représentant la *Gloire*, ayant 18 pieds de haut.

Plus, avoir fait un autre modèle représentant la *Victoire* de même hauteur que le précédent.

Pour les deux maquettes...................... 400 liv.

Un troisième modèle aussi en cire, représentant la *Religion avec ses attributs*, de même hauteur que les précédents qui a été choisi pour faire l'ouvrage............. 200 liv.

---

(1) Au lieu de cette copie, le *bosquet de l'Amour* fut orné de la statue de l'*Amitié*, par Pigalle.

Avoir fait un modèle de deux pieds convenable pour l'exécution de l'ouvrage et l'avoir fait mouler en plâtre pour en tirer plusieurs, le tout pour la facilité dudit ouvrage, 140 liv.

Plus, avoir fait élever le bloc de marbre dans l'atelier et monter sur la selle pour le travail, ci.............. 60 liv.

Pour avoir exécuté ladite figure groupée sur des nuées, tenant une croix dans la main droite, et un livre dans la gauche, qui sont les attributs convenables, ayant de hauteur 7 pieds y compris sa plinthe, et de largeur 4 pieds 9 pouces ou environ, ledit ouvrage est d'un seul bloc, non compris le croisillon, sans aucun morceau de rapport.

Estimée................................ 7.000 liv.
compris les études et modèles, ladite figure déposée dans la galerie des Antiques au Louvre.

En avoir fait les études en grand, pour la perfection de l'ouvrage, le tout fait avec tout le soin possible.

Total du tout............... 7.400 liv.

A Versailles 15 juillet 1745.

(O¹ 1921 b)

Le parfait paiement est du 3 décembre 1746 :

Aux héritiers du s^r BOUSSEAU, sculpteur, 1.900 liv. pour faire... etc... le parfait paiement de 7.400 liv. à quoi monte une figure en marbre représentant la *Religion* qu'il a commencée en 1731 et finie en 1736, suivant un mémoire arrêté et certifié, ci.................... 1.900 liv.

(O¹ 2246)

Sur un placet de la veuve de BOUSSEAU nous relevons la note suivante signée de GABRIEL et datée du 1er octobre 1746.

« Cette figure a été faite pour Versailles et pour remplacer celle de M. VASSÉ qui est dans le salon de la chapelle, avant la tribune du Roi. »

(O¹ 1921 b)

Cette statue resta dans la salle des Antiques jusqu'au 25 ventôse, an IV, où elle fut envoyée au musée des Monuments Français.

. Pajou, dans son inventaire de la salle des Antiques attribue l'œuvre de Bousseau à Lepautre. Lenoir l'attribue successivement à Bouchardon et à Girardon (V. Archives du Musée des Monuments Français. I 287, 716 II 390, III 235, 315) n° 234 du catalogue de Lenoir.

Proposée d'abord pour l'église St-Roch, cette statue fut enfin, le 3 brumaire an XII, envoyée à l'église des Invalides où elle se trouve encore.

La statue de la *Religion* est décrite par Cousin de Contamine à la fin du livre intitulé : « *Eloge de M. Coustou l'aîné* » (Paris 1737).

Zéphyre et Flore

Du 12 août 1730 : aux s^{rs} Frémin, Bertrand et Bousseau, autres 9.700 liv. pour faire avec 2.500 liv. ordonnées aux s^{rs} Frémin et Bertrand, le 20 juin 1713 et 1er juin 1720, le parfait paiement de 12.200 liv. à quoi monte un groupe de marbre représentant *Zéphyre et Flore* avec leurs attributs, commencé par lesdits s^{rs} Frémin et Bertrand et fini par ledit s^r Bousseau et livré dans la salle des Antiques au Louvre, à Paris, dans le mois d'octobre 1726 et en ce compris le modèle dudit groupe, suivant un mémoire, ci.................................... 9.700 liv.

(O¹ 2226)

Ce groupe, donné par le Roi au marquis de Marigny par bon du 26 février 1769, fut placé dans les jardins du château de Ménars ; il fut acheté à la vente de 1881 par le baron Alphonse de Rothschild, qui le paya 92.000 fr. (V. Plantet, *La collection de statues du marquis de Marigny*, p. 147-148).

Charles-Antoine BRIDAN

Vulcain

Mémoire d'une figure en marbre exécutée pour le service du Roi, sous les ordres de M. le comte d'Angiviller, par le s^r Bridan, sculpteur de Sa Majesté, pendant l'année 1781.

Cette figure a six pieds de proportion, elle représente *Vulcain*.

Estimée....... .... 10.000 liv.
      (O¹ 1921 b)

L'ampliation du parfait paiement est du 25 janvier 1785.

Reçu de M. le Directeur général une ampliation adressée
au sʳ Bʀɪᴅᴀɴ de la somme de 5.000 liv. pour faire....
etc..., le parfait paiement de 10.000 liv. de la statue de *Vulcain*, qu'il a faite en 1781, pour le service du Roi, suivant un
mémoire certifié et arrêté.

Reçu de M. Pɪᴇʀʀᴇ l'ampliation et le mémoire ci-contre.

    Ce 25 janvier 1785.

Bʀɪᴅᴀɴ.

(Registre du Louvre)

Pɪᴇʀʀᴇ avait d'abord proposé à d'Aɴɢɪᴠɪʟʟᴇʀ de commander à
Bʀɪᴅᴀɴ un *Mars*, à la place du *Vulcain* que Cᴀғғɪᴇʀɪ (V. ce nom)
n'exécutait pas ; mais, quand ce dernier iut dispensé de l'exéntion
de cette statue, Bʀɪᴅᴀɴ en reçut la commande.

Le plâtre de cette statue figura au Salon de 1777 ; le marbre à
celui de 1781. A la salle des Antiques en 1792, elle se trouve actuellement au jardin du Luxembourg ; elle est placée au pied de
l'escalier Est du grand bassin.

Statue de Vauban

Mémoire d'une figure exécutée en marbre pour le service
du Roi, sous les ordres de M. le comte d'Aɴɢɪᴠɪʟʟᴇʀ, Dʳ Gˡ,
etc... par le sʳ Bʀɪᴅᴀɴ, sculpteur du Roi, pendant les années
1783, 1784 et 1785, année de la livraison.

Cette figure a six pieds de proportion.

Elle représente le *maréchal de Vauban*.

Estimée................................. 10.000 liv.

Certifié le 7 novembre 1785, signé : Pɪᴇʀʀᴇ.

     (O¹ 1921 b)

Le plâtre au Salon de 1783, le marbre au Salon de 1785 ; musée
de Versailles, n° 2851. Le modèle en terre au musée de Sèvres.

Statue de Bayard

Mémoire d'une statue ordonnée en 1785, pour le service du Roi, par M. le comte d'ANGIVILLER, à exécuter en marbre par le sr BRIDAN.

Cette statue en marbre a six pieds de proportion. Elle représente le *chevalier Bayard*.

Estimée............................... 10.000 liv.

(O¹ 1921 a)

Le plâtre au Salon de 1787. Le marbre ne fut achevé et livré que pendant la Révolution. — Musée de Versailles, n⁰ 2795. Le modèle en terre au musée de Sèvres.

Jean-Jacques CAFFIÉRI

Vulcain

(CAFFIÉRI) A lui ordonné une figure en marbre représentant *Vulcain à qui Vénus demande des armes pour Énée son fils*. Ce sujet a été pareillement ordonné au sr d'HUEZ, ainsi qu'il est fait mention ci-après.

Cette figure n'est encore qu'esquissée.

Estimée............................... 10.000 liv.

(Etat des commandes 1764) (O¹ 1921 a).

Cette statue devant faire pendant à une *Vénus demandant à Vulcain des armes pour Enée,* commandée à D'HUEZ.

Dès l'année 1773, CAFFIÉRI demandait à M. d'ANGIVILLER à remplacer la commande du *Vulcain* par celle de l'*Amitié surprise par l'Amour* (exécutée en plâtre et exposée au Salon de 1773) ce qui lui fut refusé. La gelée ayant détruit le modèle en terre du *Vulcain* pendant l'hiver de 1776, PIERRE dispensait définitivement CAFFIÉRI de cette dernière commande pour en charger BRIDAN (V. ce nom).

La correspondance échangée à ce sujet entre PIERRE et d'ANGIVILLER est reproduite dans l'ouvrage de M. GUIFFREY sur les *Caffieri* (Paris, Morgand, 1877 p. 215, 250 et suiv.).

Bustes pour l'Opéra

Le s^r Caffiéri a été chargé pour le compte du Roi des bustes en marbre de *Quinault, Lulli* et *Rameau*, qui ont été placés dans le foyer de l'Opéra en 1769, qui ont été payés 100 louis chaque, somme très médiocre.

(O¹ 845)

Ces bustes, exposés au Salon de 1771, ont été détruits dans l'incendie de l'Opéra, rue Lepelletier, en 1873.

Travaux de la Comédie-Française

Mémoire des ouvrages de sculpture en carton de l'avant-scène de la nouvelle salle de la Comédie-Française, faits sous les ordres de M. le comte d'Angiviller, par le sieur Caffiéri, sculpteur du Roi, pendant les années 1781-1782.

Un grand morceau de milieu représente une lyre surmontée d'une couronne de laurier ; d'un côté de la lyre on voit la *Tragédie* prête à se poignarder à la vue d'une urne cinéraire et d'une couronne renversée.

De l'autre côté, la *Comédie*, couronnée de lierre, appuyée sur des livres, tenant d'une main un masque et de l'autre levant le rideau.

La totalité de ce morceau a 18 pieds de large sur 10 de haut.

Sur les quatre pilastres de l'avant-scène, sont quatre cariatides, les deux premières représentent des sirènes, tenant des flûtes et des guirlandes de fleurs, les deux tritons soutiennent l'architrave et tiennent des guirlandes.

Ledit ouvrage estimé et prix convenu pour toutes dépenses à la somme de.......................... .... 12.000 liv.

Certifié à Paris, le 5 avril 1782. Arrêté et réglé le 9 dudit an.

Signé : Hazon, Jardin, Pierre.

(V. Guiffrey, *les Caffiéri*, p. 313 et suiv)

L'ampliation du parfait paiement est du 1er mai 1782 :

Reçu de M. le Directeur général une ampliation adressée au s^r Caffiéri de la somme de 3.000 liv. pour faire... etc... le parfait paiement de 12.000 liv. à quoi montent les ouvrages de sculpture en carton pour l'avant-scène de la nouvelle salle de la Comédie-Française à Paris, en 1781, suivant un mémoire certifié ;

Reçu de M. Pierre l'ampliation et le mémoire ci-contre.

A Paris, ce premier mai 1782.

Caffiéri.

(Registre du Louvre)

Cette décoration fut détruite par l'incendie du théâtre (aujourd'hui l'Odéon), le 17 mars 1798.

Statue de Corneille

Mémoire d'une des quatre statues en marbre, faite pour le service du Roi, sous les ordres de M. le comte d'Angiviller, par le s^r Caffiéri, pendant les années 1778 et 1779.

Cette figure en marbre a six pieds de proportion.

Elle représente le *grand Corneille* dans le costume de son siècle, il est assis et écrit.

Estimée.................................... 10.000 liv.

Certifié le 30 octobre 1779. Signé : Pierre.

(O¹ 1921 b)

L'ampliation du parfait paiement est du 8 février 1781 :

Reçu de M. le Directeur général une ampliation adressée au s^r Caffiéri de la somme de 1.900 liv. pour faire..... etc... le parfait paiement de 10.000 liv. à quoi monte une figure en marbre représentant le *grand Corneille* qu'il a faite pour le service du Roi, pendant les années 1778 et 1779, suivant un mémoire certifié.

Reçu de M. Pierre l'ampliation et le mémoire ci-contre.

Ce 8 février 1781,

Caffiéri.

(Registre du Louvre).

Le marbre au Salon de 1779. — Institut. Le modèle en terre au musée de Sèvres.

Statue de Molière

Mémoire d'une figure en marbre exécutée pour le service du Roi, sous les ordres de M. le comte d'Angiviller, par le s^r Caffiéri, sculpteur du Roi, pendant les années 1784 à 1787.

Cette figure a six pieds de proportion.

Elle représente *Pocquelin de Molière*.

Estimée........ .... 10.000 liv.

     (O¹ 1921 b)

Le plâtre au Salon de 1783. Le marbre au salon de 1787.

Cette statue est aujourd'hui à l'Institut. Le modèle en terre au musée de Sèvres.

(V. *Guiffrey*, ouv. cité, p. 328 et suiv.)

Claude *MICHEL*, dit *CLODION*

Achèvement de la statue d'Iris

Un acompte fut alloué à l'artiste en 1785. Nous le reproduisons ci-dessous, n'ayant pas pu retrouver le parfait paiement.

Au s^r Clodion.

La somme de 4.000 liv., acompte de la figure d'*Iris* qu'il a faite suivant sa quittance, ci.................. 4.000 liv.

     (O¹ 2765 a)

(V. Adam le jeune.)

Adam le jeune n'ayant reçu sur cette statue que 2.000 liv. d'acompte, l'exécution a dû être presqu'entièrement faite par Clodion.

Statue de Montesquieu

Mémoire d'une statue en marbre pour le service du Roi, sous les ordres de M. le comte d'Angiviller, par le s^r Clodion Michel, pendant les années 1778 à 1783.

Cette figure a six pieds de proportion, elle représente le *président de Montesquieu*.

Estimée.................... .... 10.000 liv.

(O¹ 1921 b)

Certifié le 22 novembre 1783, signé : PIERRE.

L'ampliation du parfait paiement est du 25 janvier 1785 :

Reçu de M. le Directeur général une ampliation adressée au sʳ CLODION MICHEL, de la somme de 4.000 liv. faisant... etc... le parfait paiement de 10.000 liv. à quoi monte la statue de *Montesquieu* qu'il a faite de 1778 à 1783, pour le service de S. M. suivant un mémoire certifié et arrêté.

Reçu de M. PIERRE l'ampliation et le mémoire ci-énoncés,

A Paris, ce 25 janvier 1785.

CLODION.

(Registre du Louvre.)

Le plâtre au Salon de 1779, le marbre au Salon de 1783. Actuellement à l'Institut. CLODION avait fait une première statue en plâtre représentant *Montesquieu* presqu'entièrement nu, ce qui souleva de vives critiques. Il la recommença alors et exposa celle que nous voyons aujourd'hui. (V. THIRION. *Les Adam et Clodion*, p. 310-311.) Le modèle en terre au musée de Sèvres.

Nicolas COUSTOU

Le maître-autel de Notre-Dame

	Estimation	Modération
1726. Au maître-autel de Notre-Dame les figures de proportion de 7 pieds 1/2 représentant, l'un la Sainte-Vierge assise sur un rocher au pied de la croix, tenant sur ses genoux Jésus-Christ mort........	8.000	7.000
Et pour la figure du Christ...........	9.000	8.000

	Estimation	Modération
Un ange adolescent prosterné et humilié tenant la main gauche de la figure du Christ....................................	4.500	4.000
Un autre ange de différente attitude, appuyé d'une main sur le rocher et de l'autre tenant la couronne d'épines.......	3.000	3.000
Le rocher contenant tout le bas de la niche où toutes les figures sont posées avec un suaire qui se répand sur l'attique de l'autel................................	1.500	1.000
Plus la croix montant depuis le rocher jusqu'au cintre de la niche taillée et scuptée en manière de tronc d'arbre, etc.........	3.600	2.000
Plus avoir mis et posé lesdits ouvrages en place..............................	2.500	1.000
Total de la somme demandée...	32.100	
Réduite au total de.....		26.000

(Etat des commandes. 1726) (O¹ 1921 a).

Le parfait paiement est du 20 juillet 1731 :

A Nicolas Coustou, sculpteur, 19.000 liv. pour faire avec 8.000 liv. à lui ordonnées sur l'année précédente le parfait paiement de 26.000 liv. à quoi monte un groupe en marbre représentant la Sainte-Vierge auprès de la croix, tenant Jésus-Christ mort sur ses genoux, avec deux anges pour attributs, qu'il a fait mettre dans la niche du fond de l'autel du chœur de l'église de Notre-Dame de Paris, pour accomplir le vœu du feu Roi Louis XIII (1), bisayeul de Sa Majesté, depuis 1714 jusques et compris 1725.

Suivant un mémoire certifié, ci............ 19.000 liv.
   (O¹ 2226)

Le groupe fut remis à Lenoir pour le musée des Monuments français, le 11 pluviôse an 11 : il fut rendu au clergé de la cathé-

(1) Lettres patentes du 10 février 1638.

drale le 19 thermidor an X et se trouve encore aujourd'hui dans le chœur de Notre-Dame, derrière le maître-autel. La croix et le rocher ont disparu.

Le Passage du Rhin par Louis XIV

Mémoire des ouvrages de sculpture en marbre et en plâtre, pour le service du Roi, suivant les ordres de feu Mgr le duc d'ANTIN, et ceux de Mgr ORRY, ministre d'État, etc...

Lesdits ouvrages commencés en 1715, par feu COUSTOU l'aîné, et finis en 1737 et 1738, par COUSTOU son frère, sculpteur ordinaire du Roi.

Premièrement : Avoir fait un modèle en terre de la hauteur de 4 p. sur lequel ont été faits tous les changements convenables, pour en trouver les dispositions, ledit ouvrage représentant le *Passage du Rhin.* L'avoir fait mouler en plâtre, et, de dépouille, en avoir tiré des plâtres qui ont servi aux premières ébauches du marbre, pour ce, la somme de 2.600 liv.

Plus, avoir commencé à ébaucher le bas-relief en marbre de la grandeur de douze pieds de hauteur sur dix pieds de large, représentant la statue de *Louis XIV, commandant sur les bords du Rhin.* La statue a de proportion six pieds, et le fleuve du Rhin est couché à ses pieds, qui paraît effrayé de la présence du Roi, laquelle est accompagnée d'une figure représentant la Victoire, et d'un enfant qui porte le casque de ce héros, le tout de grandeur naturelle, avec une vue du fort de Kel (*sic*) ; fourni les outils qui ont été employés, les avoir reforgés tous les jours, jusqu'à trois et quatre fois, lequel ébauche a duré l'espace de quatre années, payé les journées tant de marbrier que de sculpteur et avoir mis les marbres en chantier dans l'atelier, pour ce, la somme de . 28.000 liv·

Plus, lorsque COUSTOU le jeune, depuis la mort de son frère a été chargé par feu Mgr le duc d'ANTIN, de continuer cet ouvrage, il a été obligé de faire mouler tout ce grand ouvrage de marbre en plâtre et de dépouillé, pour en pouvoir tirer un de chaque morceau.

Pour ce, la somme de...................... 2.300 liv.

Plus, avoir retravaillé lesdits modèles de plâtre en grand et d'après nature, y avoir fait plusieurs changements au gré de Mgr le duc d'Antin, comme d'avoir ôté un enfant qui tenait un brandon, lequel avait été fait en marbre, avoir ôté pareillement un grand arbre qui avait été fait aussi dans le marbre, ce qui a formé un changement total au grand modèle, fait les études nécessaires d'après nature, pour parvenir à faire ledit changement sur les marbres.

Pour ce, la somme de.................. .... 4.900 liv.

Plus, avoir achevé ledit ouvrage de marbre, avoir fait les changements dans le marbre qu'il convenait de faire, ainsi qu'il est mentionné dans le présent article, ce qui m'a obligé de profiter de toute l'épaisseur du marbre, en rébauchant presque le total dudit ouvrage, fait la dépense des journées des ouvriers, fourni les outils nécessaires, fait toutes les études convenables pour ledit ouvrage à la perfection, lequel travail, tant pour l'ébauche que pour dresser le bloc dans l'atelier et pour le finir, a duré l'espace de huit années.

Pour ce... 23.500 liv.

Total......... 42.300 liv.

Fait à Paris, le 7 novembre 1744.

Signé : Gabriel.

(0¹ 1921 b)

Le parfait paiement est du 9 décembre 1744 :

Au sr Coustou, sculpteur.

3.500 liv. pour faire... etc... le parfait paiement de 88.000 liv. à quoi montent les ouvrages de sculpture qu'il a faits pour un grand bas-relief en marbre blanc de forme ovale, représentant le *Passage du Rhin par le Roi Louis XIV* pour être placé dans le salon de la Guerre, au château de

Versailles. Lesdits ouvrages finis en ladite année 1744, suivant un mémoire certifié, ci.................... 3.500 liv.

(O¹ 2244)

Ce bas-relief avait été destiné à remplacer au-dessus de la che-
minée peinte du salon de la Guerre, au palais de Versailles, un
bas-relief en plâtre de Coysevox, le *Passage du Rhin* qui se trouve
encore à cette place aujourd'hui.

Commencé par Nicolas Coustou et terminé par Guillaume Coustou
il était encore dans l'atelier de ce dernier au moment de sa mort en
1746. En septembre et octobre 1773, cette œuvre d'art se trouvait
encore dans l'atelier de Gois et Pierre en proposait le transport à la
salle des Antiques; Pajou mentionne le *Passage du Rhin* dans son
inventaire. Il fut ensuite déposé au musée des Monuments français
(n° 488). Il est actuellement dans le vestibule de la chapelle de
Versailles, au rez-de-chaussée.

Statue de Louis XV en Jupiter

Du 16 mars 1733, au sʳ Coustou, sculpteur.

6.000 liv. pour son paiement d'une figure en marbre représentant *Louis XV sous la figure de Jupiter*, faite depuis 1726,
jusques et compris 1733.

Ladite figure payée audit Guillaume Coustou comme léga-
taire universel de Nicolas Coustou, son frère, suivant un
mémoire certifié, ci... .... 6.000 liv.

(O¹ 2233)

Cette statue placée dans les jardins du Grand Trianon jusqu'en
1850, est au Louvre depuis cette date sous le n° 550. Elle fut, pendant la Révolution, déposée au musée spécial de l'Ecole française.

Guillaume I COUSTOU

Une Compagne de Diane

Ouvrage de marbre représentant une *Chasseuse* ou
compagne de Diane, d'environ 5 p. 1/2 de proportion, y

compris la plinthe, accompagnée d'instruments convenables à la chasse.

Estimée 8.470 liv. modérée à.............. 3.500 liv. (Etat des commandes 1725) (O¹ 1921 a).

Le parfait paiement est du 18 février 1725 :

Au sieur Coustou, sculpteur,
3.500 liv. pour une figure de marbre, qu'il a faite et livrée pour le service du Roi, pendant l'année 1719, suivant un mémoire certifié, ci..................... 3.500 liv.
(O¹ 2225)

Monument du cœur de Louis XIV

Du 15 mars 1730, à Guillaume Coustou, sculpteur,
6.107 liv. 12 s. pour faire etc... le parfait payement de 64.107 liv. à quoy montent les ouvrages de sculpture en argent et en bronze qu'il a faits fournis et posés en l'église des Jésuites de la rue Saint-Antoine, à Paris, pour la présentation du cœur du feu Roy Louis XIV, bisaïeul de S. M.
Sur un mémoire, cy................. 6.107 l. 12 s.
(O¹ 2228)

Ce monument a été détruit pendant la Révolution ; l'église des Jésuites est aujourd'hui l'église Saint-Paul-Saint-Louis.

Modèles pour des figures de Fleuves

Du 10 mars 1733, au sieur Coustou, sculpteur.
Pour faire... etc... le parfait paiement de 2.354 liv. à quoi montent les modèles en plâtre des *figures de Fleuves* qu'il a faits pour le bas de la rivière du jardin de Marly, pendant ledit temps.
Suivant un mémoire certifié, ci............ 1.354 liv.

Ces groupes ne furent jamais exécutés en marbre.
(O¹ 229, p. 116)

Statue de Marie Leczinska

Du 16 mars 1733, au s^r Coustou, sculpteur.

2.000 liv. pour faire... etc... le parfait paiement de 6.000 liv. à quoi monte la figure en marbre représentant *la Reine sous la figure de Junon*, qu'il a faite pendant l'année 1726 jusques et compris l'année 1731.

Suivant un mémoire certifié, ci............... 2.000 liv.
    (O¹ 2233)

· Cette statue fut placée dans les jardins du Grand Trianon jusqu'en 1850. Elle est au Louvre depuis cette date, sous le n° 543. Au musée spécial de l'Ecole française pendant la Révolution.

Cérès

20 janvier 1735, au s^r Coustou, sculpteur.

Paiement pour une figure en marbre représentant *Cérès* pour être posée dans le jardin du palais des Tuileries, pendant les années 1732, 33 et 34.

Suivant un mémoire, ci.................... 5.500 liv.
    (O¹ 2235, p. 202)

Cette *Cérès* est l'un des grands termes posés auprès du grand bassin dans le jardin des Tuileries. C'est sans doute l'exécution en marbre d'un modèle de François Dumont (V. ce nom).

Un Christ pour Notre-Dame

17 février 1735, au s^r Coustou, sculpteur.

Paiement d'un *Christ* en bronze, qu'il a fait, fourni et posé sur la grande grille du chœur de l'église de Notre-Dame, cathédrale de Paris, dans l'année 1735.

Suivant un mémoire, ci.................... 1.700 liv.
    (O¹ 2235, p. 201)

Scipion l'Africain

· 31 juillet 1736. Au s^r Coustou, sculpteur.

Pour les ouvrages de sculpture en marbre qu'il a faits pour ajuster une tête en bronze représentant *Scipion l'Africain,* posée dans le château de Versailles, pendant l'année dernière. Ci . . . . 1.500 liv.

(O¹ 2276)

Il s'agit d'une draperie en marbre blanc sur laquelle fut montée une tête en bronze antique, offerte à Louis XV par l'abbé FAUVEL en 1735; cette tête est au Louvre, mais la draperie en a été enlevée.

Une Compagne de Diane

Mémoire des ouvrages de sculpture, tant en plâtre qu'en marbre, pour le service du Roi, concernant une figure de 5 pieds 6 pouces, représentant une *Compagne de Diane*, ayant un cornet à la main et un chien à côté d'elle.

Lesquels ouvrages ont été commencés sous les ordres de M. de VILLACERF, par le sʳ HULOT, sculpteur, qui se retira dans les pays étrangers, et lui ont été payés la somme de . . . . 900 liv. et depuis ladite figure a été continuée et achevée par le sieur COUSTOU, sculpteur ordinaire du roi, de l'ordre de M. ORRY, Contrôleur général des Finances, etc.

Cette figure estimée et arrêtée à la somme de.. 5.500 liv.
Payé au sʳ HULOT 900 liv. reste à payer...... 4.600 liv.
Fait à Paris, le 7 novembre 1744, etc., Signé : GABRIEL.

Le parfait paiement est du 9 décembre 1744 :

Au sʳ COUSTOU, sculpteur.
3.100 liv. pour faire avec 2.400 liv. ci-devant ordonnés acompte, tant à lui qu'au sʳ HULOT (1) le parfait paiement de 5.500 liv. à quoi monte une figure en marbre représentant une *Compagne de Diane*, commencée par ledit sʳ HULOT, continuée et achevée par ledit sʳ COUSTOU en la présente année, suivant un mémoire certifié, ci . . . . 3.100 liv.

(O¹ 2244)

(1) HULOT avait reçu 500 liv. sur l'exercice 1699 et 500 liv. sur l'exercice 1700.

Au moment de la mort de Coustou cette statue était encore déposée dans une cour attenante au logement de l'artiste.

· Nous retrouvons dans le catalogue de la collection du marquis de Marigny, sous le nº 199, une statue sans attribution d'auteur, ainsi décrite: « La statue en marbre blanc, d'une *Nymphe de Diane*, « de grandeur naturelle, avec un chien à son côté gauche ; elle « tient de la main droite un petit cor... etc..., »

Cette statue est réclamée par Pajou, dans la liste qu'il adresse à la commission des Monuments, des statues qui avaient été en possession du marquis de Marigny ; il dit qu'elle se trouve dane le jardin de l'hôtel de Massiac, ancienne habitation à Paris de es dernier.

Nous croyons que l'on peut reconnaître dans cette statue la *compagne de Diane* de Coustou.

La Jonction des Deux-Mers

Mémoires d'ouvrages de sculpture en marbre blanc, représentant la *Jonction des deux Mers*, faits pour le service du Roi, par les ordres de feu Mgr le duc d'Antin, commencés en l'année 1731, et finis et posés en 1738, sous les ordres de Mgr Orry, ministre d'Etat, etc... par Coustou, ancien directeur, recteur en son Académie.

Pour avoir fait en marbre la figure d'un fleuve représentant l'*Océan* appuyé sur son urne, et de l'autre main tenant un aviron ; ladite figure ayant 9 pieds 6 pouces de proportion, est accompagnée de draperies et de fruits convenables en païs que ces rivières rendent fertiles. Ce fleuve est assis sur un morceau de rocher à côté duquel passe le corps d'un poisson dont la queue atteint jusqu'à l'urne.

Avoir travaillé ladite figure de tous les côtés avec les soins nécessaires, et s'être servi du modèle naturel pour la rendre à sa perfection, y compris les journées d'ouvriers, frais des outils, qui ont servi à cet ouvrage, lequel a duré l'espace de deux ans 1/2, pour la somme de............

Pour avoir fait aussi en marbre la figure de la femme qui l'accompagne, représentant la *Méditerranée* ; elle est pareillement de neuf pieds 1/2 de proportion, couchée à l'autre côté de l'urne, elle tend le bras du côté du fleuve comme pour marquer la jonction qu'ils ont ensemble. Cette figure est ornée de draperies, coiffée de roseaux, et tient de l'autre main des raisins et du blé. Elle est assise pareillement sur un morceau de rocher et sur le corps d'un poisson, pareil à celui du fleuve.

Avoir fait toutes les études nécessaires d'après nature y compris les journées d'ouvriers et frais d'outils pendant le cours de deux années, pour ce, la somme de...

Pour avoir fait un enfant représentant une source ou rivière, de la proportion de quatre pieds au moins tenant un aviron dont le manche passe par dessous les jambes de la femme, accompagné de ses draperies et faisant groupe avec.

(O¹ 1921 b)

Cette pièce est malheureusement incomplète, pour la compléter, voir PIGANIOL, *Description de Versailles*, 1764, t. II, p. 273.

Le parfait paiement est du 2 mars 1740 :

Au sʳ COUSTOU, sculpteur.

Pour faire... etc... le parfait paiement de 55.000 liv. à quoi montent les ouvrages de sculpture en marbre, qu'il a faits à la tête de la pièce d'eau du château de Marly, représentant la *Jonction des deux Mers*, commencés en 1731 et finis en 1738.

Suivant un mémoire certifié, ci............. 9.000 liv.

(O¹ 2239, p. 125)

Les commissaires du Conseil exécutif du district de Versailles écrivaient en l'an II, aux citoyens LEBLOND et NEIGEON, membres de la commission des Arts de Seine-et-Oise.

Citoyens,

Le citoyen BOUCAULT a mis des ouvriers qui ont commencé à démonter le groupe de l'*Océan et de la Méditerranée*, monument de sculpture de COUSTOU, qui forme le couronnement de la cascade des Vents dite la *Rivière*, située à la face du Midi du château de Marly. Le citoyen CHARPENTIER les a arrêtés dans la continuation de cette entreprise par la considération que ledit citoyen BOUCAULT a avoué qu'ils n'ont pas l'intelligence qu'exige ce travail. Les citoyens PICARD, CHARPENTIER et nous, pensons que la présence d'un sculpteur est absolument nécessaire pour le diriger ; cette belle production des arts, un des plus beaux morceaux de Coustou mérite cette mesure.

Salut et fraternité,

Bleinnare, Picard, Charpentier, Darantière, Le Page.

(F. 17, 044)

Le 2 frimaire, an II, Hersent écrivit à la commission des Monuments pour lui apprendre que le groupe de l'*Océan et la Méditerranée* avait été mutilé pendant une fête civique. Le groupe a sans doute été entièrement détruit, car on n'en retrouve plus aucune trace.

Les chevaux de Marly

Du 23 avril 1749. Aux héritiers du feu s^r Coustou, sculpteur.

14.400 liv. pour faire... etc... le parfait paiement de 80.000 liv. à quoi montent les ouvrages de sculpture en marbre et modèles de deux groupes représentant deux chevaux retenus par des palefreniers, lesquels sont placés au bout du jardin de Marly et ont été faits par ledit feu s^r Coustou, pendant les années 1735 à 1745, suivant un mémoire certifié.

Ci.. 14.400 liv.

(O¹ 2246)

Ces deux groupes remplacèrent aux deux bouts de l'abreuvoir de Marly les deux groupes de Coysevox placés à la grille des Tuileries en 1719. Ils furent amenés par eau de Marly à Paris, le 24 juillet 1745. Ce transport coûta 10.500 liv. Ils furent ramenés à Paris par la même voie, le 25 fructidor, an III, et ornent encore aujourd'hui l'entrée des Champs-Elysées. Le livret du Salon de 1740 annonce que ces deux groupes peuvent être vus dans l'atelier de l'artiste.

Guillaume II COUSTOU

Apollon

Une figure représentant *Apollon*, qu'il a fait pour le château de Bellevue.

Estimée.................................... 10.000 liv.

(Etat des commandes, 1751. O¹ 1979).

Cette statue destinée à orner le *bosquet des Arts*, dans les jardins de Bellevue, fut payée directement par madame de Pompadour. Elle resta à Bellevue jusqu'à la Révolution, et fut placée ensuite dans les jardins de St-Cloud. Elle est, depuis 1872 dans le parc de Versailles, au rond-point de l'Etoile. (V. *Mercure*).

La Marchande d'œufs

Mémoire d'une figure en pierre de Tonnerre de quatre pieds et demi, représentant une petite fille tenant un coq et des œufs, destinée pour la laiterie du château de Crécy, appartenant à madame de Pompadour.

Estimée 2.500 liv. y compris la pierre.

Paiement au Trésor royal en octobre 1753 ..   2.500 liv.

     (O¹ 1921 b)

(V. Appendice).

Mercure

Une figure en marbre représentant *Mercure avec les attributs du Commerce* (Choisy, pour le *bosquet de la Paix*).

Ouvrage distribué en 1753.

Estimé...................................... 10.000 liv.

Nota. — Cette figure avait été donnée à exécuter à M. Saly, son départ pour le Danemark a engagé M. le Directeur général à l'accorder au sieur Coustou.

     (O¹ 1979, p. 93)

Une note des Archives nous apprend que :

Coustou a reçu depuis le 28 mars jusqu'au 26 septembre, audit an (1753).......................... 2.400 liv.

(Etat des commandes, 1753. O¹ 1921ª).

« Nota. — L'acompte de 2.400 liv. avait été donné pour une « figure d'*Apollon*, placée aujourd'hui à Bellevue, mais madame « la marquise de Pompadour ayant payé cette figure au sʳ Coustou, on a cru devoir appliquer ces 2.400 liv. sur cette figure de « *Mercure*, qui s'exécute pour les jardins de Choisy. »

     (O¹ 1921 a)

Cette statue a sans doute été commencée mais non exécutée, car nous n'en trouvons pas d'autre trace dans la comptabilité des Bâtiments du Roi et les biographes de Coustou ne la mentionnent pas. (V. Appendice).

Statue de Louis XV

Mémoire d'une figure en marbre exécutée pour le service du Roi, sous les ordres de M. le comte d'Angiviller, D^r G^l, etc... par Guillaume Coustou, chevalier de l'ordre du Roi, commencée en 1773, finie et posée en 1775.

Ladite figure de six pieds de proportion représente le *Roi Louis XV* en habits de son sacre, ayant à ses pieds sa couronne posée sur un coussin.

Estimée.................................... 20.000 liv.

Avoir fourni pour ladite figure un bloc de marbre blanc, de hauteur, largeur et épaisseur convenables, portant 63 pieds cubes, lesquels à 50 liv. le pied, dont la somme de......... 3.150 liv.

Plus fourni 31 pieds 6 pouces cube de marbre à M. Bocciardi, pour le piédestal, à 40 liv. le pied... 1.260 liv.

Total...................... 24.410 liv.

Je soussigné, premier peintre du Roi, certifie à M. le comte d'Angiviller, D^r G^l, etc... que l'ouvrage mentionné au présent mémoire a été fait, approuvé et livré à Paris, le 10 août 1778.

Signé : Pierre.

(O^1 1921 b)

Au sujet de cette statue, l'abbé Terray écrivit à Marigny le 4 août 1773 :

« Je connais trop, Monsieur, tout le prix que vous attachez à la « faveur que sa Majesté vous a faite de vous accorder sa statue « en pied, pour ne pas m'empresser de vous en procurer la jouis- « sance. Je viens de donner mes ordres en conséquence au sieur « Coustou, à qui vous avez désiré que l'exécution en soit confiée, « il ne peut être qu'extrêmement flatté d'un choix qui, en hono-

« rant ses talents, lui donne une occasion précieuse de vous
« prouver encore sa reconnaissance et tous ses sentiments. »
> (O¹ 1168)

Cette statue donnée au marquis de MARIGNY pour ses jardins de
Ménars en 1775, fut détruite pendant la Révolution. (V. PLANTET,
ouv. cit.).

Mausolée du Dauphin (1)

Mémoire du mausolée de feu Monseigneur le DAUPHIN et
de Madame la DAUPHINE, exécuté pour le service du Roi,
sous les ordres de M. le marquis de MARIGNY, et ceux de
M. le comte d'ANGIVILLER.

Ledit ouvrage commencé en 1776 et fini en 1777, et devant
être posé dans le chœur de la cathédrale de Sens, par Guillaume COUSTOU.

Le tout........................ 151.006 liv. 13 s, 4 d.

A Paris, le 12 septembre 1778.

> Signé : MIQUE, SOUFFLOT, PIERRE.

Le parfait paiement est du 29 décembre 1780:

Au sieur COUSTOU, sculpteur, 6.071 liv. pour faire... etc...
le parfait paiement de la somme de 177.471 liv., à quoi montent, tant les ouvrages de sculpture qu'il a faits pour le mausolée de Monseigneur le DAUPHIN et de Madame la DAU-
PHINE, érigé dans le chœur de la cathédrale de Sens, que
les groupes et figures qu'il a pareillement faits pour le service de S. M... suivant quatre mémoires arrêtés et certifiés, ci.... .... 6.071 liv. 4 s.
> (O¹ 2767)

Les livrets des Salons de 1769 et de 1777 mentionnaient que ce
mausolée pouvait être vu dans l'atelier de l'artiste.

(1) V. Abbé CHARTROUX. *La Sépulture du Dauphin et de la Dauphine
dans la cathédrale de Sens.* Sens, 1907.

Hespérie

Coustou. Le modèle d'une figure représentant *Hespérie qui fuit Ésaque* et marche sur un serpent qui lui cause la mort,

Le modèle en petit est commencé.

(*en note*).... à suspendre

(Etat des commandes 1748) (O¹ 1921 b).

Cette statue commandée par Lenormant de Tournehem ne fut sans doute jamais exécutée.

Travaux divers

Année 1782, au s' Coustou, sculpteur.

La somme de 3.783 liv. 11 s. 8 d. pour faire... etc... le parfait paiement de 7.383 liv. 11 s. 8 d. à quoi montent les ouvrages de sculpture qu'il a faits au *Louvre*, à la *Samaritaine* et à l'*Hôtel des Ambassadeurs extraordinaires* (1) à Paris, pendant les années 1766-1773-1774 suivant trois mémoires arrêtés et certifiés.

(O¹ 1921 b)

Claude DEJOUX

Statue de Catinat

Mémoire d'une statue en marbre exécutée pour le service du Roi, sous les ordres de M. le comte d'Angiviller, par le s' Dejoux, pendant les années 1780 à 1783.

Cette figure a six pieds de proportion.

Elle représente le *maréchal de Catinat*.

Estimée............................... 10.000 liv.

Certifié le 22 novembre 1783.

Signé : Pierre.

(O¹ 1921 b)

L'ampliation du parfait paiement est du 7 avril 1784 :

(1) Actuellement l'Élysée.

Reçu une ampliation adressée au s[r] Dejoux, de la somme de 2.000 liv. pour faire... etc... le parfait paiement de 10.000 liv. à quoi monte la statue du *maréchal de Catinat* qu'il a faite pour le service du Roi de 1780 à 1783 suivant un mémoire certifié et arrêté.

Reçu de M. Pierre l'ampliation ci-contre.

A Paris, le 7 avril 1784 : Dejoux.

(Registre du Louvre)

Le plâtre au Salon de 1781, le marbre au Salon de 1783, musée de Versailles, n° 2857. Le modèle en terre au musée de Sèvres.

La Justice

Mémoire d'un ouvrage de sculpture fait pour le service du Roi, sous les ordres de M. le comte d'Angiviller, par le s[r] Dejoux, sculpteur du Roi pendant l'année 1788.

Avoir fait un modèle d'une femme d'environ six pieds de proportion de bas-relief, représentant la *Justice*. Cette figure assise sur un cube est accompagnée d'un génie et d'attributs qui la caractérisent.

Ledit modèle a été exécuté en pierre de Conflans, de la même proportion que le modèle, et ensuite posé et fini sur place.

Pour les deux objets, la somme de.......... 3.000 liv.

(O¹ 1921 b)

Edme DUMONT

La France embrassant le buste de Louis XV

A lui ordonné le parachèvement d'un groupe en marbre représentant la *France qui embrasse le buste du Roi Louis XV.*

Ledit achèvement estimé.... .... 5.900 liv.

Un acompte de............................. 1.200 »

Nota. — Ce groupe avait été ordonné en 1748, à M. Fal-

CONET. Cet artiste fut appelé à la cour de Russie en 1766, il laissa ce groupe non achevé, mais ce qu'il y avait travaillé fut estimé 9.050 liv. qui furent délivrées partie comptant et partie en bloc de marbre. M ; le Directeur général alors fit choix du s^r DUMONT pour achever ce groupe et lui accorda ce travail à faire.

(O¹ 1921 a)

Le dernier acompte fut alloué le 28 novembre 1775 :

Reçu de M. le Directeur général une ampliation extraite de l'ordonnance du 28 novembre 1775, adressée aux héritiers de M. DUMONT, sculpteur du Roi, de la somme de 500 liv. acompte de la figure dont feu M. DUMONT était chargé pour le service du Roi.

(Registre du Louvre).

FALCONET ayant demandé à être dispensé de l'achèvement de son groupe, COCHIN proposait à M. de MARIGNY, par une lettre en date du 29 avril 1765, de la faire achever par Edme DUMONT. Au moment de la mort de ce dernier, survenue en novembre 1775, la correspondance de PIERRE avéc M. d'ANGIVILLER nous apprend que ce travail était fort loin d'être fini ; PAJOU, parent de DUMONT, s'étant offert pour le mener à bien, cette offre fut acceptée (V. FALCONET et PAJOU).

François DUMONT

Cérès

Plusieurs modèles de la proportion de 9 à 10 pieds de haut représentant une *Cérès* coiffée d'épis de blé et de diverses fleurs avec autres ornements.

Estimés 2000 liv. modérés à.................... 800 liv.
(Etat des commandes 1726) (O¹ 1921 a).

Le parfait paiement eut lieu le 12 août 1726, il fut plus élevé de 460 l. que la « modération » ci-dessus :

Au S# Dumont 1760 liv. pour les modèles de figures en plâtre et en cire qu'il a fait pour le service du Roy, pendant les années 1724 et 1725................... cy. 1760
(O¹ 2225 p. 169).

François Dumont étant mort en 1726, ne put sans doute, achever son œuvre; l'exécution en marbre dû être confiée à Guillaume I Coustou, et sa *Cérès* doit être le marbre du modèle ci-dessus (V. G. II Coustou).

Etienne FALCONET

La France embrassant le buste de Louis XV

Un groupe en marbre représentant la *France qui embrasse le buste du Roi*, monument à l'occasion du rétablissement de Louis XV à Metz, en 1745.

Estimé....... .... 12.000 liv.

Nota. — Le s# Falconet ayant représenté à M. le Directeur général qu'il était dégoûté de l'achèvement de cet ouvrage et que pour s'acquitter envers le Roi les 9.000 liv. d'acompte qu'il avait reçues, il se soumettait à abandonner sa pension jusqu'à l'apurement total de ladite somme de 9.000 liv., ce que n'a point voulu accepter M. le Directeur général; mais, pour consommer cette affaire il lui a fait accorder une somme de 9.000 liv. pour paiement dudit ouvrage dans l'état où il l'a laissé, et le surplus de l'estimation de ce morceau, lors de son achèvement, sera donné à l'artiste qui sera désigné pour le terminer; ainsi il a été fait un mémoire de 9.050 liv. pour le sieur Falconet.
(O¹ 1922 a)

Le parfait paiement est du 24 décembre 1757:

Le parfait paiement de 9.050 liv. à quoi monte un groupe en marbre de moyenne nature, représentant la *France qui embrasse le buste de Louis XV*, qu'il a fait pour le service du Roi, pendant l'année 1748, suivant un mémoire certifié.

Reçu ladite ordonnance, etc...

Falconet.

(Registre du Louvre, p. 2.)

Le modèle en terre de ce groupe fut exposé au Salon de 1747, le modèle en plâtre au Salon de 1749. Une note de Falconet (*Œuvres de E. Falconet*. Lausanne 1781. T. II. p. 158), nous dit :

« J'ai fait aussi un fort mauvais modèle représentant *la France qui embrasse le buste du Roi*, et cela sous la dictée de M. Charles Coypel. Mais ce M. Charles Coypel était premier peintre du Roi et l'ouvrage était celui du besoin d'un jeune homme ; aussi est-il brisé dans quelque coin ; du moins, j'ai prié qu'il le fut et j'ai offert de rendre au Roi l'argent que j'avais reçu acompte. Le procédé de M. le marquis de Marigny et celui de M. Cochin furent tout à fait nobles, j'en conserve les témoignages signés de leurs mains, etc. ». En effet, le 15 mars 1762, Cochin annonçait à M. de Marigny que Falconet dégoûté de cette commande demandait à être dispensé de son exécution et offrait, pour rembourser les acomptes qu'il avait reçus, de faire abandon des arrérages de sa pension. Le 25 mars, Marigny ordonnait à Cochin de ne pas accepter cette proposition et de tenir l'artiste quitte des avances reçues par lui (V. Correspondance de Marigny, t. I, p. 228-229, t. II, p. 13-15). Le groupe, continué par Edme Dumont, fut terminé par Pajou (V. ces noms).

La Musique

Une figure en marbre représentant la *Musique* pour le vestibule du château de Bellevue.

Estimée. . . . . 10.000 liv.

Le petit modèle est fait.

(Etat des commandes 1750).

(O¹ 1921 a)

Cette statue, exposée au Salon de 1751, faisait pendant à la *Poésie* d'Adam l'aîné et fut sans doute comme celle-ci, payée directement par madame de Pompadour, car on ne trouve dans les papiers des Bâtiments aucune trace de paiement. Elle resta à Bellevue jusqu'à la Révolution, fut placée jusqu'en 1870 dans les jardins de St-Cloud, et est actuellement au musée du Louvre, sous le n° 672.

La Jardinière

Mémoire d'une figure en pierre de Tonnerre de quatre pieds et demi de haut, représentant une petite fille appelée *La Jardinière* pour la laiterie du château de madame de Pompadour à Crécy.

Estimée . . . .   2.500 liv
> (O¹ 1912 b)

Exposée au Salon de 1753, cette statue semble avoir disparu (V. Appendice).

Minerve

Une figure en marbre, représentant *Minerve* avec les attributs des sciences.

Estimée . . . .   10.000 liv.

Nota. — Cette figure est l'une des quatre qui doivent accompagner le groupe de la *Victoire qui ramène la Paix*, pour Choisy. Elle avait été ordonnée en 1752 à M. Paul Slodtz, qui n'avait point encore fait ni études, ni esquisses; à sa mort M. le Directeur général chargea le s^r Falconet de cette figure.
> (O¹ 1922 a)

Cette statue n'ayant pas été commencée quand Falconet partit pour la Russie, la commande fut transmise à Pajou (V. ce nom).

Une lettre de M. de Marigny à Cochin, du 10 novembre 1764 nous dit que « M. Falconet se désistant de la figure de *Minerve* par la crainte de ne pas la réussir, qu'il s'occupe de celle de l'*Hiver*, j'y consens volontiers ». Cochin ayant proposé Pajou pour faire la statue de *Minerve* (27 octobre 1764) cette proposition fut agréée.
(V. Appendice).

L'Hiver

Une figure en marbre représentant une *Femme sous l'emblême de l'Hiver*, destinée pour le jardin de botanique au Petit Trianon à Versailles.

Reçu acompte, 12 août 1765 . . . .   3.000 liv.
> (O¹ 1922 a)

L'ampliation de l'acompte est du 17 août 1765 :

Reçu de M. le Directeur Général une ordonnance en date du 12 aoust 1765, de la somme de 3000 l. ordonnée au Sr Falconet, accompte d'une figure en marbre représentant l'Hiver, qu'il à fait pour le service du Roy.

Reçu ladite ordonnance, etc. . .

17 Aoust 1765.   Falconet.

Le modèle de la statue de l'*Hiver* fut exposé au Salon de 1765.

Le livret du Salon en donne la description : cette statue étant inachevée quand FALCONET fut, en 1766 appelé à la cour de Catherine II, il demanda, moyennant le remboursement des acomptes reçus et du prix du marbre, à l'emporter en Russie, ce qui lui fut accordé (V. Correspondance du marquis de Marigny, t. I, p. 312, t. II, p. 59, 60, 61, 64). D'après ses biographes, il acheva son œuvre à St-Pétersbourg et l'offrit à l'Impératrice. Elle a été retrouvée récemment au Palais d'Hiver.

***

Louis *FOUCOU*

Statue de Duguesclin

Mémoire d'une statue ordonnée en 1787, pour le service du Roi, par M. d'ANGIVILLER, à exécuter en marbre par le sr FOUCOU.

Elle a six pieds de proportion et représente le *connétable Duguesclin*.

Estimée.................................... 10.000 liv.

Le plâtre au Salon de 1789. Achevée et livrée pendant la Révolution. Le marbre au Salon de 1799. Foucou en demandait le paiement par une lettre du 15 vendémiaire au VIII (F. 17 a. 1281).

Cette statue se trouve aujourd'hui à Versailles, sous le n° 1852.

***

Claude *FRANCIN*

Statues pour le château de Versailles

Au sr FRANCIN du 12 Mars 1778.

Pour faire... etc... le parfait payement de 1.080 liv. quoy montent quatre figures en pierre qu'il a fait pour être posées sur le château de Versailles, pendant l'année dernière, suivant un mémoire, cy...................... 680 liv.

(O¹2237 p. 29).

Ganymède

A lui ordonné en 1743 une figure en marbre et représentant *Ganymède*, de 5 pieds 1/2.

Estimée. . . . . 10.000 liv.

Cette figure est destinée pour les jardins de Versailles et doit accompagner celle de l'*Aurore*, par M. Vinache et celle d'*Iris*, par M. Adam, lesquelles figures ont été portées dans la salle des Antiques, en attendant qu'elles soient toutes deux terminées, pour être placées ensemble.

Nota. — Comme le s^r Francin est mort sans avoir terminé entièrement cette figure de *Ganymède*, il avait déjà reçu 8.5oo liv. ; on a retenu pour parfait paiement de cette figure pour donner au sieur Dupré chargé de l'amener à sa perfection, la somme de. . . . . 1.5oo liv.

   (O¹ 1921 a)

L'artiste reçut un acompte le 1er juillet 1771 :

Au sieur Francin, sculpteur, 4.500 liv… etc… acompte de la figure de *Ganymède*, qu'il exécute pour le service du Roi, cy. . . . . 4.500 liv.

   (O¹ 2268)

Le plâtre au Salon de 1745.

Cette statue étant inachevée à la mort de Francin, le sculpteur Dupré fut chargé de la terminer.

M. de Maurepas ayant écrit à M. d'Angiviller (1) afin d'obtenir le don d'une statue pour sa terre de Pontchartrain, le 15 février 1777, le Directeur général faisait hâter l'achèvement du *Ganymède* pour le lui donner ; le 24 mai 1777 Pierre annonçait l'achèvement de cette statue. C'est donc par erreur que Pajou la réclamait comme ayant été donnée à Marigny. Cette statue appartient à M. le marquis d'Havrincourt ; elle se trouve aujourd'hui au château d'Havrincourt (Pas-de-Calais),

Léda

Francin. — Le modèle d'une nouvelle figure représentant *Léda.*

(1) V. Corresp. de M. d'Angiviller, T. I. 113,122

Le modèle en petit est fait. (*en note*)... à suspendre.
(Etat des commandes (1749) (O¹ 1922 a)

Cette statue ne fut jamais exécutée pour le Roi.

François GILLET

Achèvement des statues commencées par VINACHE

Un Groupe d'Enfants

Mémoire des ouvrages de sculpture en marbre faits pour
le Roi, suivant les ordres de M. le marquis de MARIGNY, par
le sʳ GILLET, pendant l'année 1757.

Un groupe original représentant *deux Enfants* de proportion naturelle, avec accessoires, commencé en marbre par
le feu sʳ VINACHE (1) et, pour l'achèvement dudit groupe
par le sʳ GILLET. Ci .... 3.000 liv.

Certifié à Paris, le 12 juillet 1760. Signé : COCHIN.
(O¹ 1922 a)

L'Aurore

Mémoire des ouvrages de sculpture en marbre faits pour
le Roi, suivant les ordres de M. le marquis de MARIGNY par
le sʳ GILLET, sculpteur, pendant l'année 1757.

La figure en marbre, représentant l'*Aurore*, de la propor-
tion de 6 pieds de haut, avait été commencée par le feu sʳ
VINACHE, et l'ouvrage fait pour l'achèvement de ladite figure.
Estimée la somme de........................ 2.000 liv.

Certifié à Paris, le 12 juillet 1760. Signé : COCHIN.
(O¹ 1922 a)

Le parfait paiement de ces deux commandes est du 8 août 1757 :

2.000 liv. pour faire... etc... le parfait paiement de 5.000

[1] V. ce nom.

liv. à quoi montent les ouvrages de sculpture en marbre qu'il a faits, pour finir une figure, représentant l'*Aurore* de 6 pieds de haut, et un groupe de *deux Enfants*, de proportions naturelles avec accessoires, qui avaient été commencés par le feu sieur VINACHE et ce pendant l'année 1757, suivant deux mémoires certifiés, le premier de 3.000 liv. et le deuxième de 2.000 liv. Ci.. 2.000 liv.

(O¹ 2257, p. 358)

(V. aussi VINACHE).

Étienne GOIS

Bustes du Cardinal Fleury et de Trudaine

Mémoire de deux des six bustes en marbre de grands hommes de ce siècle qui ont été ordonnés et exécutés pour être livrés à M. le marquis de MARIGNY-MÉNARS, etc.

Le premier représente *M. le cardinal de Fleury*.

Le second représente *M. de Trudaine*.

Estimés ensemble .... 48.000 liv.

Certifié et signé : PIERRE, le 10 mars 1780.

(O¹ 1922 a)

Le parfait paiement fut effectué en 1780 :

Au s^r GOIS.

La somme de 4.800 liv. pour deux bustes de grandeur naturelle, pour le service du Roi, suivant sa quittance rendue avec un mémoire. Ci........ .... 4.800 liv.

(O¹ 2764 b)

On retrouve ces bustes dans le catalogue de la collection MARIGNY (V. Appendice) M. J. DOUCET à possédé jadis un buste de TRUDAINE qui pourrait bien être celui dont il est question ici.

Statue du chancelier de l'Hôpital

Mémoire d'une statue en marbre faite pour le service du

Roi sous les ordres de M. le comte d'ANGIVILLER, par le s^r Gois, pendant les années 1776 et 1777.

Cette figure en marbre est de grandeur naturelle.

Elle représente *Michel de l'Hospital, chancelier de France.*

Estimée.................................... 10.000 liv.

Certifié le 12 septembre 1778, à Paris.

Signé : MIQUE, SOUFFLOT, PIERRE.

(O¹ 1922 a)

Le parfait paiement est de 1778 :

Au s^r GOIS, sculpteur,

2.400 liv. pour faire... etc... le parfait paiement de 10.000 liv. pour le prix d'une statue de *Michel de l'Hospital, chancelier de France*, qu'il a fait en marbre, suivant une quittance ci rendue avec un mémoire, ci................... 2.400 liv.

(O¹ 2763 b)

Le marbre fut exposé au Salon de 1777. Cette statue déposée dans le salon de la Paix, au palais des Tuileries, jusque vers 1860, fut placée ensuite au château de Compiègne, au pied de l'escalier d'honneur, où elle se trouve encore actuellement. Le modèle en terre au musée de Sèvres.

Statue du président Molé

Mémoire d'une statue en marbre exécutée pour le Roi, sous les ordres de M. le comte d'ANGIVILLER, par le s^r Gois, sculpteur, pendant les années 1786 et 1789.

Cette statue a six pieds de proportion. Elle représente *Mathieu Molé, premier président et garde des Sceaux.*

Estimée.................................... 10.000 liv.

Certifié et arrêté le 18 mars 1790.

Signé : HAZON, JARDIN, VIEN.

(O¹ 1922)

Le plâtre au Salon de 1785, le marbre au Salon de 1789. Cette statue est actuellement à l'Institut. Le modèle en terre au musée de Sèvres.

Jean *HARDY*

Diane

Un pied d'estal, pour une figure représentant *Diane*, de cinq pieds de haut, sur trois pieds de large, posé à l'entrée du bosquet de Luciennes, avec les attributs de ladite figure.

Estimé 4.500 liv., modéré à .... 2.400 liv. (Etat des commandes. 1726). (O¹ 1921 a).

Le parfait paiement est du 10 octobre 1727 :

Au Sr Hardy, sculpteur.

Pour son paiement des ouvrages de sculpture qu'il a fait à un pied d'estal pour une figure du jardin du château de Marly, avait en la présente année suivant un mémoire, ci 2.400 liv.

La *Diane* dont il est fait mention ci-dessus, exécutée par Poulletier et livrée en 1714. Elle fut, ainsi que le piédestal de Hardy, donnée à la ville de Bolbec par le gouvernement révolutionnaire, en 1795, et se trouve aujourd'hui dans le jardin public de cette ville.

Têtes de cerf et de daim

Au sr Hardy, du 28 août 1729.

Pour tant d'une *tête de daim* et d'une de *cerf*, qu'il a faites en plâtre et posées dans la petite cour des Cerfs, au château de Versailles, que des moules et creux d'icelles qu'il a aussi faits, pendant les mois d'avril et may derniers.

Suivant un mémoire, ci .... 460 liv. (O¹ 2229 p. 22)

Antoine *HOUDON*

Bustes de Madame Adélaïde et de Madame Victoire

Mémoire d'un buste en marbre, fait pour le service du Roi, par le sr Houdon, sculpteur de S. M., pendant l'année 1776, sous les ordres de M. le comte d'Angiviller.

Buste en marbre, de *Madame Adélaïde de France.*
Estimé......... .... 3.000 liv.
Plus, une colonne en marbre servant de piédestal audit buste, avec sa base et son plateau
tournant. Ci............................... 1.000 liv.

Total............... 4.000 liv.

Certifié et réglé, arrêté le 12 juillet 1785.

Signé : PIERRE, JARDIN, HEURTIER.

(O¹ 1922 b)

Le parfait paiement fut effectué en 1785.

Au sʳ HOUDON.

4.000 liv. pour son paiement d'un buste en marbre de *Madame Adélaïde de France* et d'une colonne qu'il a fait pour
ledit. Suivant sa quittance et mémoire..... ... 4.000 liv.

(O¹ 2765 b)

Le rapport suivant fut, au sujet du paiement de ce buste, adressé
à Louis XVI par M. d'ANGIVILLER.

« Il y a huit ou neuf ans que le sʳ HOUDON, membre de
« l'Académie royale de peinture et sculpture, ayant fait le buste en
« marbre de *Madame Victoire* fut engagé à faire celui de *Madame*
« *Adélaïde.* Cette princesse m'a fait écrire à ce sujet, pour que le
« sʳ HOUDON fût payé ; sur quoi j'observerai que, si d'un côté
« Madame ADÉLAÏDE me fait renvoyer le sʳ HOUDON comme n'ayant
« point donné d'ordre pour cet ouvrage, d'un autre côté il n'existe
« aucune trace qu'il en ait reçu de la part de l'administration des
« Bâtiments. Toutefois, cette princesse s'intéresse à ce que le sʳ HOU-
« DON soit payé et l'ouvrage a été réellement exécuté ; c'est pour-
« quoi je crois pouvoir mettre sous les yeux de V. M. ce qui s'est
« passé ; en la suppliant de m'autoriser, malgré l'irrégularité de
« cette marche, à faire payer le sʳ HOUDON ».

Ce 29 juin 1785.   Signé : d'ANGIVILLER.
     (*Bon*)
     (O¹ 1922)

Ces deux bustes furent exposés au Salon de 1777. Le buste de
Madame Victoire appartient au musée Richard Wallace, à Londres, celui de *Madame Adélaïde* appartient à M. HOENTSCHEL et a
été prêté par lui à l'exposition des cent pastels en 1908.

Statue de Tourville

Mémoire d'une des quatre statues en marbre faites pour le
Roi, sous les ordres de M. le comte d'ANGIVILLER, par le s^r
HOUDON, pendant les années 1780 et 1781.

Cette figure en marbre a six pieds de proportion.

Elle représente le *maréchal de Tourville.*

Estimée.................................... 10.000 liv.

Certifié le 19 mars 1782.

Arrêté et réglé le 9 avril 1782.

Signé : HAZON, JARDIN, PIERRE.

(O¹ 1922)

L'ampliation du parfait paiement est du 25 jánvier 1785 :

Reçu du Directeur général une ampliation adressée au
s^r HOUDON de la somme de 3.000 liv. faisant... etc...
le parfait paiement de 10.000 liv. à quoi monte la statue du
maréchal de Tourville qu'il a faite en 1780 et 1781, pour le
service de S. M. suivant un mémoire certifié et réglé.

Reçu de M. PIERRE l'ampliation et le mémoire ci-contre.

Ce 25 janvier 1785. HOUDON.

(Registre du Louvre.)

Le marbre fut exposé au Salon de 1781. Cette statue est actuellement à Versailles, n° 2858. Le modèle en terre au musée de
Sèvres.

Buste du Prince Henri de Prusse

Mémoire des ouvrages de sculpture faits pour le service
du Roi, sous les ordres de M. le comte d'ANGIVILLER, par le
s^r HOUDON, sculpteur, pendant les années 1786-1787.

Le buste du *Prince Henri de Prusse* exécuté en marbre a
été fourni pour le Roi, livré en 1786.

Estimé....................................... 2.400 liv.

(O¹ 1922 a)

Le plâtre au Salon de 1785, le marbre, dont il est question ci-dessus, à celui de 1787, le bronze à celui de 1789. Le buste en bronze appartient actuellement aux collections royales prussiennes (n° 187 du catalogue SEIDEL).

Travaux divers

Deux *Vestales* et un buste de *Colbert* exécutés en plâtre pour l'hôtel du Contrôle général des Finances (1), livrés en 1787. Estimés ensemble...................... 720 liv.
    (O¹ 1922 a)

Jean-Baptiste D'HUEZ

Vénus qui demande des armes à Vulcain

Mémoire du modèle d'une statue ordonnée en 1764, par feu M. de MARIGNY, lors D^r G¹, au s^r d'HUEZ, sculpteur du Roi, pour être exécutée en marbre pour le service de S. M.

Cette statue représentant *Vénus qui demande à Vulcain des armes pour Enée*, n'a point été exécutée en marbre. Le modèle et le plâtre seuls ont été faits.

Lesquels sont évalués à la somme de........ 1.500 liv.
Arrêté le 29 décembre 1790.

Signé : VIEN, JARDIN, HAZON.

NOTA. — Ce sujet a été pareillement ordonné au s^r CAFFIERI, ainsi qu'il est dit à son article. Estimé............ 10.000 liv.
    (1921 b)

Le modèle en petit de cette statue fut exposé en 1769, le modèle en grand au Salon de 1777.

Cette statue, non exécutée en marbre, devait faire pendant au *Vulcain* commandé d'abord à CAFFIERI puis à BRIDAN (V. ces noms).

---

(1) Situé rue Neuve-des-Petits-Champs.

Achèvement de la statue de Louis XV

par J.-B. Lemoyne

A la mort de J.-B. Lemoyne, la statue du Roi était restée inachevée dans son atelier, d'Huez fut chargé de l'achever (V. J.-B. Lemoyne).

Pierre JULIEN (1)

Statue de La Fontaine

Mémoire d'une figure exécutée en marbre pour le service du Roi, sous les ordres de M. le comte d'Angiviller, par le s^r Julien, sculpteur du Roi, pendant les années 1784-1785.

Cette figure a six pieds de proportion.

Elle représente *La Fontaine.*

Estimée.... .... 10.000 liv.

Certifié le 7 décembre 1785 : Hazon, Jardin, Pierre.

(O¹ 1922 a)

Le plâtre au Salon de 1785, le marbre au Salon de 1787. Cette statue est actuellement à l'Institut. Le modèle en terre au musée de Sèvres.

Statue de Poussin

Mémoire d'une statue ordonnée pour le service du Roi, par M. d'Angiviller en 1787, à exécuter en marbre, par le s^r Julien.

Cette figure a six pieds de proportion.

Elle représente *Le Poussin.*

Estimée....... .... 10.000 liv.

Le plâtre au Salon de 1789 ; le marbre achevé et livré pendant la Révolution ; exposé au Salon de 1804. Réexposée pour les prix décennaux en 1810. Cette statue se trouve aujourd'hui à l'Institut.

(1) Au sujet de cet artiste, V. *Gazette des Beaux-Arts*, année 1903, t. I, André Pascal. Pierre Julien, sculpteur, p. 325 et 407. Il n'existe dans les comptes des Bâtiments aucune trace des travaux que Julien fit pour Rambouillet.

François LADATTE

Modèle du Mausolée du cardinal Fleury

Mémoire des déboursés que moi Ladatte, sculpteur ordinaire du Roi, ai fait pour le modèle du tombeau de Monseigneur le cardinal de Fleury. Cy.............. 1.000 liv.

Le parfait paiement est du 22 avril 1744 :

Au s^r Ladatte, sculpteur.

1.000 liv. pour le paiement du modèle de cire qu'il a fait du tombeau du cardinal de Fleury dans l'année dernière, suivant un mémoire certifié. Ci.............. 1.000 liv.
     (O¹ 2244)

Ce modèle fut exposé au Salon de 1743.

Félix LE COMTE

Bustes de d'Aguesseau et de Montesquieu

Mémoire de deux des six bustes de grands hommes de ce siècle, pour le service du Roi, sous les ordres de M. le comte d'Angiviller, par le s^r Le Comte, pendant les années 1778 et 1779.

Ces deux bustes, faisant partie des six ordonnés, sont de grandeur naturelle.

Le premier représente le *chancelier d'Aguesseau.*

Le second *M. le président de Montesquieu.*

Estimés ensemble........................ 4.800 liv.

Le parfait paiement fut effectué en 1779 :

Au s^r Le Comte.

La somme de 4.800 liv. pour deux bustes de grandeur natu-

relle pour le service du Roi, suivant la quittance ci-rendue avec un mémoire. Ci..... .... 4.800 liv.
    (O¹ 2764 b)

On retrouve ces bustes dans le catalogue de la collection Marigny (V. Appendice).

Statue de Fénelon

Mémoire d'une statue faite en marbre pour le service du Roi, sous les ordres de M. le comte d'Angiviller, par le sᵣLe Comte, pendant les années 1776 et 1777.
Cette figure est en marbre et de grandeur naturelle.
Elle représente *M. de Fénelon*, archevêque de Cambrai.
Estimée........................ .... 10.000 liv.
A Paris, le 12 septembre 1778.

Le parfait paiement fut effectué en 1778 :

Au sʳ Le Comte, sculpteur.
2.400 liv. pour faire... etc... le parfait paiement de 10.000 liv. pour le prix d'une statue de *M. de Fénelon*, archevêque de Cambrai, qu'il a fait en marbre, suivant la quittance ci-rendue, avec un mémoire. Ci..................... 2.400 liv.

Le marbre au Salon de 1777. Cette statue est actuellement à l'Institut. Le modèle en terre au musée de Sèvres.
    (O¹ 2763 b)

Statue de Rollin

Mémoire d'une statue en marbre exécutée pour le service du Roi, sous les ordres de M. le comte d'Angiviller, par le sʳ Le Comte, sculpteur du Roi, pendant les années 1786 à 1789.
Cette statue a six pieds de proportion.
Elle représente *Rollin*.
Estimée........................ .... 10.000 liv.
18 mars 1790.   Hazon, Jardin, Vien.
    (O¹ 1922 a)

Le plâtre au Salon de 1787. Le marbre au Salon de 1789. Cette statue est aujourd'hui à l'Institut. Le modèle en terre au musée de Sèvres.

Robert LELORRAIN

Statue d'Hébé et un Vase

Au s^r LELORRAIN, sculpteur, du 16 Mars 1733.

Le parfait paiement d'un groupe en marbre représentant *Hébé, déesse de la Jeunesse.*

Et un *Vase* aussi de marbre, pour le jardin du château de Marly, pendant les années 1729, 1730, 1731.

Suivant deux mémoires. Ci.................. 2.700 liv.

(O¹ 2231)

DEZALLIER D'ARGENVILLE cite parmi les œuvres de LEPAUTRE (*Vies des Sculpteurs*, p. 266), une statue de la Muette, faisant pendant à la *Clytie* de cet artiste et qu'il décrit ainsi : « Une femme arrosant des fleurs que lui présente l'Amour ». *Hébé* étant quelquefois représentée en déesse de la rosée, nous croyons qu'il s'agit de l'œuvre de LELORRAIN, d'autant plus que LEPAUTRE n'a jamais fait de statue répondant à cette description. Si notre hypothèse était exacte, il y aurait identité entre cette *Hébé* et une *Rosée* citée par erreur par PAJOU dans sa liste des sculptures enlevées par M. de MARIGNY. Cette statue appartient aujourd'hui à la collection WERNHER, à Londres.

Jean-Louis LEMOYNE

Une Compagne de Diane

— Une figure en marbre représentant une *Compagne de Diane* avec un chien et autres attributs, de 5 pieds 1/2.

Estimée 6.920 liv. modérée à.............. 3.600 liv.

(Etat des commandes 1724). (O¹ 1921 a).

Le parfait paiement est du 15 juin 1726 :

A Jean-Louis Lemoyne, sculpteur.

3.400 liv. pour faire... etc... le parfait paiement de 3.600 liv. à quoi monte le prix d'une figure de marbre représentant une *Compagne de Diane* qu'il a faite pour le service du Roi et livrée en l'année 1724, suivant un mémoire.

Ci... 3.400 liv.

(O¹ 2224)

Cette statue fut placée dans le parc de la Muette, pendant à la *Rosée* de Lelorrain. Elle a appartenu à la collection Rodolphe Kann et appartient actuellement à M. Duveen.

La Crainte de l'Amour

Mémoire d'une figure en marbre groupée d'un enfant représentant la *Crainte de l'Amour*, de 5 pieds 2 pouces ; suivant les ordres de M. Orry, par Lemoyne, le père, sculpteur.

Pour avoir fait le modèle de même grandeur que l'ouvrage et les études d'après le naturel, la somme de.... 1.600 liv.

Plus, avoir fait modeler ledit groupe, en avoir après le moule fait couler des plâtres pour parvenir à l'exécuter en marbre la somme de....... 300 liv.

Plus, pour le travail dudit groupe en marbre ; le temps de dix-huit mois ; les ouvriers pour l'ébauche et dépense journelle de forges, d'outils et ustensiles pour travailler le marbre, renouvellement d'étude et mettre l'ouvrage à sa perfection, la somme de................................ 8.900 liv.

Total .... 10.800 liv.

Arrêtée à ..... 6.000 liv.

Versailles 17 juillet 1742.

(O¹ 1922 a)

Le parfait paiement est du 10 juillet 1743 :

Au sieur Lemoyne père, sculpteur.

1.000 liv. pour faire... etc... le parfait paiement de 6.000

liv. à quoi monte un groupe en marbre représentant la *Crainte de l'Amour,* qu'il a fait pendant les années 1739 et **1740,** suivant un mémoire certifié, ci......... 1.000 liv.

(O¹ 2242)

Le groupe fut donné par le Roi au marquis de MARIGNY par un *bon* du 12 novembre 1762, pour ses jardins de Ménars, il y resta jusqu'à la vente de 1881 où il fut acheté par le baron Alphonse de ROTHSCHILD pour 64.000 fr.

Le catalogue des statues de M. de MARIGNY l'attribue par erreur à J.-B. LEMOYNE.

Deux Vases

Au sᵣ LEMOYNE, 19 mars 1731.

Acompte sur deux *Vases* qu'il a fait en marbre pour le jardin du château de Marly..... . ... 2.000 liv.

(O¹ 2230* — p. 363).

Nous n'avons pu retrouver le parfait paiement de ces deux vases.

Un Vase

30 janvier 1737, au sᵣ LEMOYNE le père, sculpteur.

Pour faire... etc... le parfait paiement de 2.799 liv. à quoi montent les ouvrages de sculpture qu'il a faits à un vase de marbre, pour le service du Roi, pendant les années 1727 et 1728. Suivant un mémoire, ci................. 299 liv.

(O¹ 2229 p. 220)

Ce vase destiné d'abord au parc de Marly, fut envoyé à la Muette ; l'inventaire de ce château (*Nouv. arch. de l'art français,* 1892, p. 359), le décrit ainsi : « Un vase en marbre blanc de 4 p. de haut, orné de deux anses en forme de dragons ; sur le milieu du dit vase sont deux têtes, avec des guirlandes de blé, fleurs et fruits ; par M. LE MOYNE ».

Un vase pareil, par Alexandre ROUSSEAU, lui faisait pendant. L'un de ces deux vases a fait partie de la collection Rodolphe KANN, dont le catalogue l'attribue à tort à BOUCHARDON et appartient aujourd'hui à M. DUVEEN.

Jean-Baptiste *LEMOYNE*

L'Océan

Du 5 février 1735, au s^r Lemoyne sculpteur.

Pour faire le parfait paiement de 3.000 liv. à quoi montent les ouvrages de sculpture qu'il a faits pour le rétablissement de la pièce d'*Apollon*, dans le jardin de Versailles, pendant l'année dernière. Suivant un mémoire, ci...... 1.000 liv.

    (O^1 2237 p. 27)

Statue de Louis XV

Une statue pédestre en marbre de *Louis XV*, ordonnée par M. le duc d'Antin.

Cette figure n'étant pas achevée à la mort de M. le duc d'Antin, fut destinée ensuite pour être placée à la Bibliothèque du Roi. Elle n'était pas tout à fait terminée lors du décès de M. Lemoyne, elle l'a été par M. D'Huez, conformément à l'autorisation donnée par M. le comte d'Angiviller aux héritiers et est actuellement placée dans la salle des Antiques.

Estimée....... .... 10.000 liv.

    (O^1 1922 a)

L'ampliation du parfait paiement est du 28 mars 1783 :

Reçu de M. le D^r G^1 ampliation adressée aux héritiers du s^r Lemoyne, de la somme de 9.000 liv. pour faire..... etc. le parfait paiement de 13.000 liv. à quoi montent une statue et un buste du *Roi Louis XV*, exécutés par ledit s^r Lemoyne, le premier objet ordonné en 1737, le deuxième en 1770, suivant un mémoire certifié.

Signé : Besnard.

(Registre du Louvre)

Cette statue fut déposée à la salle des Antiques en mai 1779 et, le 25 pluviôse an IV, elle fut remise à Lenoir pour le musée des Monuments Français. Accordée à la ville de Rouen, le 30 décembre

1819, elle fut placée dans l'escalier de l'Hôtel de Ville et s'y trouve encore aujourd'hui.

Modèle du mausolée du cardinal Fleury

Etat d'une esquisse faite pour les projets du tombeau de S. E. Mgr le cardinal de FLEURY, par ordre de M. ORRY, par LEMOYNE fils.

S. E. Monseigneur est à genoux sur le tombeau de dessous lequel sort la figure du *Temps*, qui montre l'inscription où devaient être écrites les attentions du Roi pour ce Ministre; devant le piédestal ou socle qui soutient le tombeau au côté droit, est une *Vertu* debout, attristée de la mort de S. E. Mgr ; elle a autour d'elle les emblêmes de fidélité et de justice qui la caractérisent; au bas du tombeau, de l'autre côté est un groupe d'enfants qui soutiennent les armes de S. E. Mgr et tiennent la clé et le caducée, emblêmes de la science et du secret.

Les différentes idées ayant occupé l'artiste trois mois, pour la somme de 2.000 liv.......................... 2.000 liv.

Arrêté à................................. 1.000 liv.

27 février 1744.

(O¹ 1922 a)

Le parfait paiement est du 22 avril 1744 :

Au sieur LEMOYNE, fils.

1.000 liv. pour son parfait paiement du modèle en cire qu'il a fait du mausolée de M. le cardinal de FLEURY, dans l'année dernière, suivant un mémoire certifié. Ci.   1.000 liv.

(O¹ 2244)

Le modèle fut exposé au Salon 1743, ce ne fut pas ce projet qui fut exécuté, mais un projet différent. Le mausolée fut édifié aux frais de la famille du cardinal dans l'église Saint-Louis du Louvre, aujourd'hui détruite. Il fut, pendant la Révolution transporté au musée des Monuments Français où il resta exposé pendant quelques années; il en fut enlevé dans des circonstances encore inexpliquées et toute trace semble en avoir disparu. On en trouve

la représentation dans le *Voyage Pittoresque à Paris*, de DEZAL-
LIER-D'ARGENVILLE (6ᵉ édition, 1778).

Apollon

Au sʳ LEMOYNE.

A lui ordonné une figure en marbre, six pieds de proportion, représentant *Apollon*, dieu des Arts.

Estimée............................... 10.000 liv.

NOTA. — Cette figure, qui est la deuxième des quatre ordonnées
pour le château de Choisy, est très peu avancée. Il lui sera dû
8.800 liv.

       (0¹ 1921 a)
(Etat des commandes 1752).

J.-B. LEMOYNE reçut un accompte le 3o octobre 1765 :

Reçu de M. le Directeur général une ordonnance en date
du 30 octobre de la somme de 1.200 liv. ordonnée au sieur
LEMOYNE en acompte sur la figure d'*Apollon* qu'il a faite pour
le château de Choisy.

Reçu ladite ordonnance 8 novembre 1765.

                       LEMOYNE.

(Registre d'ampliations du Louvre, p. 52).

Une note des Archives vient compléter ce renseignement.

« Il a été payé acompte sur cette figure en 1765 la somme de
« 1.200 liv. Il a été arrêté par M. le Directeur général que ces
« 1.200 liv. seraient allouées pour le paiement du modèle de cette
« figure qui n'a point été exécutée en marbre.»

       (A. N. O¹ 1921 A.)

Il y a à la galerie des tableaux de Sans-Souci un *Apollon* signé
de J.-B. LEMOYNE et daté de 1771. Il est fort probable que c'est le
marbre de la statue dont l'exécution avait été ordonnée puis sus-
pendue par le marquis de MARIGNY (nᵒ 194, du catalogue SEIDEL).

Bustes de Louis XV

LEMOYNE exposa des bustes de Louis XV aux Salons de 1745,
1757 et 1763.

Dezallier-d'Argenville (*Vies des Sculpteurs*, p. 363) dit : « Pendant le règne de Louis XV il est peu d'Académies et de Bibliothèques qui n'aient reçu en don le buste de ce monarque », et « de 1730 (?) à 1773, Lemoyne fit tous les ans deux su trois bustes de ce prince ».

1° Buste exécuté en 1745

Mémoire d'un buste en marbre grandeur naturelle, représentant le *Roi*, par J.-B. Lemoyne, fait sous les ordres de Mgr Orry, et sous l'inspection de M. Gabriel, premier architecte du Roi, en 1745.

En avoir fait deux modèles en terre et plâtre ; pour y parvenir avoir fait plusieurs voyages à Versailles, pour y voir sa Majesté ; à travailler ensuite et, lorsque le modèle a été fait et approuvé, l'on a ébauché le marbre ; après quoi, j'ai recommencé une troisième étude d'après le Roi, et pour cet effet, resté à Versailles plus de trois mois de suite, ce qui a servi à achever et à perfectionner le marbre en y employant tout l'été de 1745.

Pour toutes ces différentes études et exécution en marbre dudit buste, la somme de . . . . 400 liv.

Estimé compris les études d'après le Roi. . . . . 2.800 liv.

A Versailles, le 15 janvier 1746.

(O¹ 1922 a)

Le parfait paiement est du 15 mars 1752 :

Au s^r Lemoyne fils, sculpteur.

1.800 liv. pour faire... etc... le parfait paiement de 2.800 liv. à quoi a été estimé un buste en marbre, représentant le *Roi* qu'il a fait pour le service de S. M.

Suivant un mémoire certifié, ci. . . . . 1.800 liv.

(O¹ 2250)

2° Bustes exécutés en 1747 et livrés en 1750

Mémoire de deux bustes en marbre représentant le *Roi*, faits pour le service de S. M. par le s^r Lemoyne, pendant l'année 1747.

Le premier destiné pour Mgr le cardinal de ROHAN, à Strasbourg.

Le deuxième pour madame de POMPADOUR.

Estimés chacun... 2.800 liv................ 5.600 liv.

(O¹ 1922)

Le parfait paiement est du 10 décembre 1760 :

Au sʳ LEMOYNE.

Pour faire... etc... le parfait paiement de 5.600 liv. à quoi montent deux bustes en marbre, représentant le *Roi*, qu'il a faits pour le service de S. M. pendant l'année 1747.

Suivant un mémoire certifié. Ci............... 600 liv.

(O¹ 2256, p. 349)

Le buste donné au cardinal de ROHAN appartint par la suite à la ville de Strasbourg ; il disparut pendant l'incendie provoqué par le bombardement de 1870.

3⁰ BUSTE EXÉCUTÉ EN 1750

D'après un mémoire (V. *Nouv. Arch. de l'art français*, T. I, p. 330 34¹, la mention suivante ferait peut-être double emploi avec la précédente, en ce qui concerne le don d'un buste à Madame de POMPADOUR, et LEMOYNE n'aurait fait qu'un buste pour cette dernière.

Etat d'un buste vêtu en cuirasse française, représentant *S. M. Louis XV*, fait par les ordres de M. LE NORMANT de TOURNEHEM, Dʳ G¹, etc... par le sʳ LEMOYNE fils.

Ce buste exécuté en marbre, sur les études d'après le Roi, par LEMOYNE fils, dans le courant de l'année 1750, lequel buste est actuellement à Crécy, pour la somme de   2.800 liv. sur laquelle somme ledit LEMOYNE a reçu...... 1.000 »

Reste.......... 1.800 liv.

Arrêté à 2.800 liv. Ce 15 septembre 1751. signé : COYPEL.

(O¹ 1922 a)

Le parfait paiement est du 15 mars 1752 :

Au s^r LEMOYNE, sculpteur.

A été estimé un buste en marbre représentant le *Roi*, qu'il a fait pour le service de Sa Majesté, pendant l'année 1750, suivant un mémoire certifié. Ci . . . . 1.800 liv.

Pour faire etc. . . . . . le parfait paiement de 2.800 liv. pour ce buste.

(O¹ 2250, p. 327)

Une autre note nous apprend que ce buste fut racheté après la mort de madame de POMPADOUR pour être donné à M. de LA-VERDY, contrôleur général des finances depuis 1763.

Au s^r LEMOYNE, sculpteur.

Un mémoire pour ses déboursés à l'occasion d'un buste en marbre, représentant *Louis XV*, acquis à la succession de madame de POMPADOUR et donné par S. M. à M. de LAVERDY, lequel buste a été transporté et placé à son château de Mar-ville, montant à . . . . 143 liv.

Nous, Ange-Jacques GABRIEL, inspecteur général des Bâti-ments du Roi, etc... et nous, intendant et contrôleur géné-ral, etc... soussignons avoir fait la réception des ouvrages de peinture et sculpture, etc... acquis en 1766 pour le ser-vice de S. M., en conséquence des ordres de M. le marquis de MARIGNY, conseiller du Roi, etc... par M. COCHIN, secré-taire perpétuel de l'Académie, etc...

Savoir : Que le buste du Roi en marbre, original fait par M. LEMOYNE, sculpteur ordinaire du Roi, est traité avec tout l'art possible, lequel nous apprécions, aussi qu'il a été acquis la somme de . . . . 3.000 liv.

(O¹ 2721)

4° BUSTE DONNÉ A LA FACULTÉ DE MÉDECINE DE MONTPELLIER

Mémoire d'un buste du *Roi* exécuté en marbre de gran-deur naturelle et vêtu en cuirasse, fait par LEMOYNE, sculp-teur, pendant l'année 1763. Estimé . . . . 2.800 liv. 6 novembre 1764.

(O¹ 2638)

Le parfait paiement est du 15 novembre 1764 :

Reçu de M. le D^r G^l une ordonnance en date du 6 novembre 1764, de la somme de 300 liv. ordonnée au s^r Lemoyne, pour faire... etc... le parfait paiement de 2.800 liv. à quoi monte un buste en marbre représentant *le Roi*, qu'il a fait pour le service de S. M. et destiné pour la Faculté de Médecine de Montpellier, pendant l'année dernière, suivant un mémoire certifié.

Reçu ladite ordonnance, etc...

Ce 15 novembre 1764.

Lemoyne.

(Registre du Louvre p. 39),

5° Buste donné a madame de Brionne

Un buste en marbre du même prince, destiné dans l'origine pour la salle d'études des pages de la Grande-Ecurie, suivant une lettre de M. le marquis de Marigny, du 10 avril 1768, et depuis donné par S M. Louis XVI à madame la comtesse de Brionne. Estimé................ 3.000 liv.

(O^1 1922 a)

Ce buste se trouvait encore chez Lemoyne au moment de sa mort.

Son parfait paiement eut lieu en même temps que celui de la statue de Louis XV.

Madame de Brionne était gouvernante des pages de la Grande-Ecurie.

Médaillon de Louis XV

Mémoire d'un médaillon représentant *le Roi*, fait pour Amiens, sous les ordres de M. Le Normant de Tournehem D^r G^l etc..... par J.-B. Lemoyne fils, sculpteur, dans le courant de juillet 1751.

En avoir fait les études d'après le Roi, et ensuite le modèle et la tête couronnée de lauriers et d'un tiers plus grande que le naturel, à cause de la hauteur où elle sera exposée sur la pyramide de sa destination. Ledit médaillon exécuté en marbre pour la somme de...................... 600 liv.

Arrêté à 600 liv. ce 15 septembre 1751.

Signé : COYPEL.

(O¹ 1921 a.)

Le parfait paiement est du 20 juin 1752 :

Au sʳ LEMOYNE fils, sculpteur.

600 liv. pour son payement d'un médaillon en marbre représentant le *Roi*, qu'il a fait pour le service de S. M. pendant l'année dernière, suivant un mémoire certifié. Ci....................................... .... 600 lix.

(O¹ 2251)

La pyramide dont il est question dans cette pièce n'a sans doute jamais été exécutée. Les documents qui concernent la destruction ou l'enlèvement des monuments d'Amiens, à l'époque révolutionnaire, n'en mentionnent pas l'existence ; au contraire nous relevons dans le catalogue MÉNARS la mention suivante, sous le n° 204.

« Le même portrait (*Louis XV*) en médaillon de marbre blanc « de 15 pouces sur 14 de large, dans une bordure dorée » ce qui semble assez bien correspondre à l'objet désigné par le mémoire de LEMOYNE.

Buste de Madame Adélaïde

Mémoire d'un buste en marbre fait pour le Roi, par ordre de M. le marquis de MARIGNY, par le sʳ LEMOYNE pendant l'année 1767.

Ce buste en marbre a 3 p. de hauteur sur 1 p. 11 pouces de largeur.

Il représente *Madame Adélaïde de France*.

Estimé.. 2.800 liv.

Avoir fait faire le piédestal en marbre de 3 p. 10 pouces de hauteur, 1 p. de base et 1 p. 6 pouces de corniche.

Estimé.. 500 liv.

Total..... .... 3.300 liv.

Fait à Versailles, le 21 juillet 1768.

Signé : GABRIEL, HAZON, COCHIN.

(O¹ 1922 a)

L'ampliation du parfait paiement est du 9 juin 1774 :

Reçu de M. le D^r général une ampliation, qui est adressée
M. Lemoyne, de la somme de 1.800 liv. pour faire... etc...
e parfait paiement de 3.300 liv. à quoi monte un buste de
ladame Adélaïde de France, avec le piédestal pareillement
e marbre, qu'il a fait pour le service du Roi, pendant l'an-
ée 1767, suivant un mémoire certifié.

Reçu de M. Pierre l'ampliation ci à côté.

Ce 11 juin 1774.

Lemoyne.

Registre du Louvre, p. 168)

Ce buste appartient à M. Wildenstein.

Buste de la Dauphine Marie-Antoinette

Mémoire pour un buste en marbre représentant *Madame
la Dauphine*, donné par le Roi à S. M. l'Impératrice-Reine,
et remis à M. l'Ambassadeur, le comte de Mercy-Argenteau
en 1772.

Estimé.......... .... 3.000 liv.

(O¹ 1921 a)

Le parfait paiement est du 6 septembre 1774 :

3.000 liv. pour son paiement d'un buste en marbre, représentant *Madame la Dauphine*, qu'il a fait en 1772, destiné
pour l'Impératrice-Reine, suivant un mémoire certifié.

Ci.............................. .... 3.000 liv.

(O¹ 2275, p. 368)

Ce buste appartient aux collections impériales de Vienne.

Tombeau de Crébillon

Lemoyne, chargé de faire ce tombeau, rédigea le mémoire
ci-après :

*Devis et conventions sous les ordres de M. le marquis de Marigny,
D*[r] *G*[l], *etc., pour le tombeau que le Roy fait ériger dans l'église
St-Gervais, pour feu* M. de Crébillon, *qui doit être exécuté en
marbre par* Jean-Baptiste Lemoyne, *sculpteur ordinaire du Roy.*

Le sujet du tombeau est la figure de la *Poésie* pleurant sur le
buste de M. de Crebillon. Cette figure de 6 pieds de proportion
et le buste aussi de grandeur naturelle, ce groupe sur un tombeau d'environ 7 p. de longueur sur sa hauteur et épaisseur
proportionnelle ; le tout soutenu sur une table à corniche saillante
sur laquelle table doit être gravée l'inscription. Tout le dit
ouvrage en marbre ; la figure et le buste en marbre blanc, le
tombeau en marbre bleu turquin, et la table pour l'inscription
en marbre blanc veiné. Les dits marbres seront fournis par le
Roy, et pour l'exécution du dit ouvrage jusqu'à son entière perfection le s[r] Lemoyne s'y engage et soumet pour la somme de
10.000 livres et a signé ce 21 janvier 1763 :

J.-B. Lemoyne.

(O[l] 1922 a)

Les notes suivantes nous donnent l'histoire de cette commande.

« Le tombeau de Crébillon a été ordonné le 14 février 1763 par
« une lettre de M. le marquis de Marigny, qui en décide la nature
« en ces termes : « le Roi a approuvé, Monsieur, votre dessin pour
« le tombeau de feu M. Crébillon » ; les marbres ont été fournis
« suivant les dimensions arrêtées.

« M. Pierre pourra se convaincre par lui-même de l'importance
« de cet objet et de son estimation. La convention pour le finir
« dans l'état actuel est de quatre mille livres, suivant l'avis de
« M. Pigalle.

« S'informer dans les bureaux du prix accordé à feu M. Lemoyne,
« suivant sa demande pour ledit ouvrage.

« Il a été simplement répondu à M. Lemoyne, dans la lettre du
« 14 février 1763, que S. M. accordait le prix demandé sans spéci-
« fier la somme, ce qui est nécessaire pour faire le mémoire à la
« livraison du monument ».

(O[l] 1922 a)

Mémoire du tombeau de Crébillon exécuté en marbre,
lequel a été ordonné pour le service du Roy en 1762, sous
la direction de M. de Marigny, et a été terminé sous les
ordres de M. le Comte d'Angiviller, D[r] G[l], etc., après la
mort du sieur Le Moyne, pendant l'année 1779.

Ce monument en marbre a 6 pieds de proportion, il devait être placé dans l'église de St-Gervais, à Paris, où CRÉBILLON a été inhumé ; les curé et marguilliers s'y sont opposés, en raison des attributs caractéristiques du génie de ce poète ; alors, il a été décidé que ce monument serait placé à la Bibliothèque du Roy.

Il représente un groupe formé par la muse de la Tragédie qui pleure sur le buste de CRÉBILLON placé sur son tombeau, au bas duquel sont divers attributs relatifs au sujet.

Estimé . . . . 12.000 liv.

Certifié le 30 octobre 1779.　　　Signé : PIERRE.

(O¹ 1922 a)

Une autre note du 29 décembre 1779 vient encore compléter ces renseignements :

« Le mémoire du tombeau de M. CRÉBILLON peut paraître fort,
« si l'on ne se rappelle pas combien ce monument est actuelle-
« ment chargé.

« Il n'était d'abord question que d'un médaillon du poète avec
« quelques attributs à la Poésie, et au genre de cette Poésie ; feu
« M. LEMOYNE rempli de son objet étendit ses idées, et proposa des
« augmentations avec des arrangements honnêtes, les deux arti-
« cles furent agréés par une lettre de M. le Dʳ général, en date
« du 14 février 1763.

« L'on trouve dans les différents états le tombeau de M. CRÉBIL-
« LON, estimé 5.000 liv. puis 8.000 liv. enfin 12.000 liv.; sans
« doute que l'on suivit les augmentations de l'artiste (remis le
« mémoire aux liasses de M. LE SUEUR, 29 décembre 1779). Au
« fait dans l'état où il est, on peut l'apprécier 12.000 liv. puis-
« qu'il y a une figure, un médaillon et des accessoires.

Le parfait paiement est de 1779 :

Aux héritiers LEMOYNE, la somme de 3.100 liv. pour faire avec 8.900 liv. le parfait paiement de 12.000 liv. à quoi montent les ouvrages de sculpture par lui faits pour le mau-solée de M. de CRÉBILLON, payée à Pierre-Guillaume BES-NARD autorisé à toucher les sommes dues à la succession du dit sʳ LEMOYNE, suivant sa quittance rendue avec un mémoire. Ci . . . . 3.100 liv.

(O¹ 2764 b)

Ce tombeau déposé à la salle des Antiques jusqu'en 1792, fut ensuite exposé au musée des Monuments français. Il fut enfin envoyé au musée de Dijon, le 24 décembre 1819. LEMOYNE avait exposé un buste en terre de *Crébillon* au Salon de 1762.

Pierre *LEPAUTRE*

Clytie changée en tournesol

Du 19 mars 1731, au s^r LEPAUTRE.

Acompte sur une figure en marbre, qu'il fait, représentant *Clytie*. Ci . . . . 1.000 liv.

(O^1 2230, p. 363)

Cette statue fut placée dans les jardins de la Muette pour faire pendant à la *Rosée* de LELORRAIN. Elle appartient actuellement à la collection Maurice KANN. Nous n'en avons pas retrouvé le parfait paiement.

Jean-Guillaume *MOITTE*

Statue de Cassini

Mémoire d'une statue ordonnée en 1787, par M. le comte d'ANGIVILLER, pour le service du Roi, à exécuter en marbre par le s^r MOITTE.

Elle a six pieds de proportion et représente *Dominique Cassini*.

Estimée. . . . . 10.000 liv.

Le plâtre fut exposé au Salon de 1789.

Achevée et livrée pendant la Révolution ; le marbre au Salon de 1810. Cette statue est aujourd'hui à l'Institut.

Claude-Martin **MONNOT**

Statue de Duquesne

Mémoire d'une statue en marbre exécutée pour le service du Roi, sous les ordres de M. le comte d'ANGIVILLER, D[r] G[l], etc... par le s[r] MONNOT, pendant les années 1784 et 1787.

Cette statue a six pieds de proportion.

Elle représente *Abraham du Quesne.*

Estimée.............................. 10.000 liv.

(O[1] 1922 a)

Le plâtre au Salon de 1785. Le marbre au Salon de 1787. Musée de Versailles, n° 2838. Le modèle de terre au musée de Sèvres.

Louis-Philippe **MOUCHY**

Bustes de Voltaire et du Maréchal de Saxe

Mémoire de deux des six bustes en marbre des grands hommes de ce siècle faits pour le service du Roi, par le s[r] MOUCHY, sous les ordres de M. le D[r] G[l], pour être livrés à M. le marquis DE MARIGNY DE MÉNARS, pendant les années 1778-1779.

Ces deux bustes sont de grandeur naturelle.

Le premier représente le *maréchal comte de Saxe.*

Le second représente *M. de Voltaire.*

Estimés ensemble........................ 4.800 liv.

Certifié et signé le 10 mars 1780.   PIERRE.

Le parfait paiement fut effectué en 1780 :

A L.-P. MOUCHY, la somme de 4.800 liv. pour deux bustes de grandeur naturelle, pour le service du Roi, suivant sa quittance ci-rendue avec un mémoire, ci....... 4.800 liv.

(O[1] 2764 b)

Comme nous l'apprend une lettre de M. d'Angiviller à Pierre, du 28 juillet 1779 (V. Corresp. de M. d'Angiviller, t. I, p. 259), deux des bustes commandés pour M. de Marigny avaient été faits d'une dimension plus grande que celle qui avait été prescrite, de plus, leur piédouche était rond au lieu d'être carré et il n'était pas du même morceau que le buste lui-même ; enfin, le marbre était de mauvaise qualité. D'Angiviller prescrivit donc de faire recommencer ces deux bustes.

Son ordre fut exécuté, et les deux nouveaux bustes furent livrés l'année suivante comme le prouvent les documents publiés ci-dessous.

Malgré l'erreur commise par l'artiste, les Bâtiments du Roi prirent livraison des deux premiers bustes qui furent déposés à la salle des Antiques ; n'étant pas signés, leur identité fut bientôt oubliée, et l'inventaire de Pajou les attribua à Pigalle. Après la dispersion de la salle des Antiques ces deux objets furent envoyés au musée des Monuments Français, d'où le *Maréchal de Saxe* ne sortit que pour aller au Louvre. Le *Voltaire* en disparut avant 1810, et fut envoyé sous Louis-Philippe au musée de Versailles, où il passa pendant longtemps pour être le buste de l'abbé Raynal, par Espercieux ; M. Brière a fait justice de cette fausse attribution (V. Correspondance historique 1902, p. 204). Il occupe au musée le n° 856.

Le *Maréchal de Saxe* est au Louvre sous le n° 783.

Mémoire de deux bustes en marbre faits pour le service du Roi, sous les ordres de M. le comte d'Angiviller, D^r G^l, etc., par le sieur Mouchy, pendant l'année 1780.

Répétition des deux bustes faisant partie des six hommes illustres de ce siècle, ordonnés pour le service du Roi, de grandeur naturelle.

Le premier représente le *maréchal comte de Saxe*.

Le deuxième représente *M. de Voltaire*.

Certifié, le 16 février 1781. Signé : Pierre.

(O¹ 1922 a)

L'ampliation du parfait paiement est du 25 janvier 1785 :

Reçu de M. le D^r G^l une ampliation adressée au sieur Mouchy, de la somme de 4.800 liv. pour son paiement de deux bustes en marbre qu'il a fait pour le service de S. M., pendant l'année 1780. L'un représente le *maréchal comte de Saxe*, et l'autre *M. de Voltaire*, suivant un mémoire.

Certifié et arrêté. Reçu, etc., ce 25 janvier 1785.

MOUCHY.

(O¹ 2763 a)

Ces deux derniers bustes, faits suivant les prescriptions de la commande furent livrés à M. de MARIGNY et se retrouvent dans le catalogue de sa vente.

Copie de l'Amour, d'après **BOUCHARDON**

Mémoire d'une figure en marbre, faite pour le service du Roi, sous les ordres de M. le comte d'ANGIVILLER, par le sʳ MOUCHY, sculpteur du Roi, l'année 1780.

Cette figure en marbre de cinq pieds de proportion, destinée pour le nouveau Trianon, est une copie de l'*Amour*, d'après BOUCHARDON.

Estimée............................... 6.000 liv.
Arrêté et réglé, 16 février 1781.

Signé : PIERRE, JARDIN, HEURTIER.

(O¹ 1922 a Pᶜᵉ 4)

Le parfait paiement fut effectué en 1780 :

Au sʳ MOUCHY.

La somme de 1.000 liv. pour faire... etc... le parfait paiement de 6.000 liv. à quoi monte la copie de l'*Amour*, de BOUCHARDON, suivant une quittance ci-rendue, avec un mémoire, ci............................... 6.000 liv.

(O¹ 2765 a)

Au sujet de cette copie V. Correspondance de M. d'ANGIVILLER, t. 1; elle fut d'abord placée dans le temple de l'Amour au petit Trianon. Pendant la Révolution, elle figura au musée spécial de l'Ecole Française, et, à la dispersion de ce musée, fut remise à son emplacement primitif.

Harpocrate

Mémoire d'une statue en marbre exécutée pour le service
du Roi, sous les ordres de M. le comte d'Angiviller, par le
s^r Mouchy, sculpteur du Roi, pendant les années 1788-1789.
Cette figure est de grandeur naturelle.
Elle représente *Harpocrate, dieu du Silence.*
Certifié et arrêté le 18 mars 1790.

Signé : Hazon, Jardin, Vien.

(0¹ 1922 a)

Le modèle de cette statue fut exposé au Salon de 1787. Le marbre, exposé au Salon de 1789, fut déposé à la salle des Antiques.
Elle est aujourd'hui au palais de Luxembourg, dans une niche
obscure, à l'extrémité Ouest de la galerie des bustes.

Statue de Sully

Mémoire d'une statue en marbre, pour le service du Roi,
sous les ordres de M. le comte d'Angiviller, D^r G¹, etc. .
par le s^r Mouchy, pendant les années 1776 et 1777.
Cette figure en marbre est de grandeur naturelle.
Elle représente le *baron de Rosny, duc de Sully.*
Estimée.. 10.000 liv.

Je soussigné, premier peintre du Roi, certifie à M. le
comte d'Angiviller, D^r G¹, etc... que la statue mentionnée au
présent mémoire a été faite, approuvée et livrée à Paris,
le 10 août 1778.

Signé : Pierre.

(0¹ 1922 a)

Le parfait paiement fut effectué en 1778 :

Au s^r Mouchy, sculpteur, pour faire... etc... le parfait
paiement de 10.000 liv. pour le prix d'une statue du *baron
de Rosny, duc de Sully,* qu'il a faite en marbre, pour le ser-

vice du Roi, suivant sa quittance ci-rendue, avec un mémoire.
Ci........ ....·.............. 2.400 liv.

(O⁴ 2764 a)

Le marbre au Salon de 1777. Cette statue est aujourd'hui à l'Institut. Le modèle en terre au musée de Sèvres.

Statue de Montausier

Mémoire d'une statue en marbre, exécutée pour le service du Roi, sous les ordres de M. le comte d'ANGIVILLER, Dr Gl, etc... pendant les années 1786 à 1789, par le sr MOUCHY.
Cette statue a six pieds de proportion.
Elle représente le *duc de Montausier*.
Estimée.............................. 10.000 liv.
Certifié et arrêté le 18 mars 1790.

Signé : HAZON, JARDIN, VIEN.
(O¹ 1922 a)

Le marbre au Salon de 1789; actuellement à l'Institut. Le modèle en terre au musée de Sèvres.

Statue du maréchal de Luxembourg

Mémoire d'une statue en marbre, faite pour le service du Roi, sous les ordres de M. le comte d'ANGIVILLER, DrGl, etc... par le sr MOUCHY, pendant les années 1785-1787.
Cette figure en marbre a six pieds de proportion.
Elle représente le *maréchal de Luxembourg*.
Estimée.......................... .... 10.000
(O¹ 1921 b)

Le plâtre au Salon de 1787. Le marbre au Salon de 1791. Versailles, no 2850. Le musée en terre au musée de Sèvres.

———

Augustin PAJOU

La Muse Uranie

— A lui ordonné une figure en marbre, représentant la *Muse Uranie.*

Estimée.. 10.000 liv.

Note.— Cette figure est la quatrième ordonnée pour les jardins de Choisy. Elle avait été ordonnée en 1752, sous le titre de *Minerve* à M. Slodtz (Paul), qui mourut sans avoir rien commencé. Ensuite, elle fut ordonnée à M. Falconet qui ne l'avait point encore commencée lors de son départ pour la Cour de Russie, enfin elle a été ordonnée à M. Pajou, qui, avec l'agrément de M. le Dr Gl, changea le nom de *Minerve* en celui de *Vénus-Uranie.*
(Etat des commandes 1765 (ol 1921 a)

Cette statue ne fut pas exécutée, car nous n'en retrouvons aucune mention dans la comptabilité des Bâtiments (V.Appendice).

Statue et buste de Buffon

1° Mémoire d'une statue en marbre, grandeur naturelle, faite pour le service du Roi, sous les ordres de M. le comte d'Angiviller, par le sr Pajou, pendant les années 1773 et suivantes.

Elle représente *M. le comte de Buffon,* en pied, et dans le costume d'un philosophe ; les accessoires qui accompagnent cette statue désignent son génie et ses talents. Elle est placée dans le vestibule du cabinet d'Histoire Naturelle, au jardin du Roi, avec son piédestal.

Ladite figure estimée.............. ..... 15.000 liv.

2° Compris deux bustes exécutés d'après elle, par le même sr Pajou, sculpteur.

Arrêté le 9 mai 1780.

Signé : Brébion, Jardin, Pierre.
(Ol 1922 b)

Le parfait paiement est du 31 mai 1780.

Au sr Pajou, la somme de quinze mille livres pour son

paiement d'une statue et de deux bustes de *M. le comte de Buffon*, qu'il a faits en 1773, suivant un mémoire certifié et arrêté, ci.. 15.000 liv.

(O¹ 2277, p. 379)

Le livret du Salon de 1777, annonçait que la statue de *Buffon* était exposée au cabinet d'Histoire naturelle au Jardin du Roi; elle est restée au Muséum et est placée aujourd'hui dans la salle des Poissons.

L'un des bustes fut exposé au Salon de 1777; on en trouve un au Louvre sous le n° 777. Un buste de *Buffon* fut confisqué chez M. d'ANGIVILLÉR pendant la Révolution.

Buste de Titon du Tillet

Mémoire d'une petite figure en bronze ajoutée au monument du *Parnasse français,* ordonnée par M. le marquis de MARIGNY, exécutée par le s* PAJOU en l'année 1776.

Cette figure représente *M. Titon du Tillet,* auteur de ce monument, lequel au pied du Parnasse, consacre son ouvrage à Louis XIV, sous la figure d'Apollon.

Le bronze de cette figure a été fourni par le s* PAJOU.

Ladite figure estimée...................... 1.000 liv.

A Paris, 20 mars 1779.

Signé : SOUFFLOT, PIERRE, HAZON.

(O¹ 1922 b)

Le Parnasse français dont fait partie ce buste est à la Bibliothèque Nationale.

Le parfait paiement fut effectué le 7 février 1780 (V. ci-après).

La France qui embrasse le buste du Roi

Mémoire de l'achèvement exécuté par ordre de M. le comte d'ANGIVILLER, d'un groupe en marbre qui était resté imparfait dans les magasins du Roi, par le s* PAJOU, pendant l'année 1779.

Ce groupe en marbre est de petite nature.

Il représente la *France embrassant le buste du roi Louis XV.*

L'achèvement dudit ouvrage estimé......... 5.950 liv.

Cet intitulé a été choisi pour écarter les difficultés du trésorier qui ne valaient pas à nous en disputer sérieusement.

Le paiement a été ordonné avec d'autres objets par l'état du 2 février 1780.

Signé : Pierre, Soufflot, Jardin.

(O¹ 1922 b)

L'ampliation du parfait paiement est du 19 février 1780.

Le 19 février, reçu une ampliation de M. le Dʳ Gˡ, adressée au sʳ Pajou, de la somme de 5.450 liv. pour faire... etc... le parfait paiement de 5.950 liv. à quoi a été estimé l'achèvement exécuté par ledit Pajou, d'un groupe en marbre de petite nature, représentant la *France embrassant le buste de Louis XV*, suivant un mémoire certifié.

Reçu de M. Pierre l'ampliation et le mémoire ci-contre à Paris, 27 février 1780.

Pajou.

(Registre du Louvre, p. 293.)

A la mort d'Edme Dumont, Pajou, qui était son neveu, demanda à achever ce groupe. Ce travail fut l'objet d'une convention avec la veuve Dumont, que nous reproduisons ici.

« Entre nous soussigné, Marie-Françoise Berthaut, veuve de « Edme Dumont, sculpteur de l'Académie royale, et Augustin « Pajou, sculpteur et professeur de la même Académie a été arrêté « ce qui suit :

« Au sujet de la figure de la *France tenant le buste du feu Roi*, « qui avait été commencée pour le compte de S. M., par M. Fal- « conet et qui à raison du départ de ce dernier pour la Russie « était passée, par les ordres de M. le Dʳ et ordonnateur général des « Bâtiments, dans l'atelier dudit sieur sʳ Dumont pour être par lui « achevée, ce qu'il n'a pu exécuter avant son décès.

« Moi, Pajou, par attachement à la mémoire dudit sʳ Dumont, « mon confrère, et pour soulager le malheur de sa veuve et de ses « enfants, en leur ménageant la ressource que ledit feu sʳ Dumont « aurait tiré s'il avait exécuté le travail qui lui avait été confié, « déclare me charger dudit travail pour le porter à sa perfection « sans en prétendre aucune rétribution ni honoraires personnels, « mon intention étant de sacrifier les soins et le travail que l'objet « exigera de moi-même au plaisir que je me fais d'être utile à

« ladite veuve et à ses enfants, lesquels, en conséquence, ne seront
« tenus que des salaires des compagnons que je serai dans le cas
« d'employer, et qui seront prélevés sur les paiements qui seront
« ordonnés par M. le D^r et ordonnateur général des Bâtiments,
« en mon nom personnel au moyen de ce que je serai censé avoir
« été chargé d'achever ladite figure sur le travail de laquelle le
« s^r Dumont n'avait rien reçu avant son décès.

« Et moi, veuve Dumont, en remerciant ledit s^r Pajou du service
« qu'il veut bien me rendre, consens en tant que besoin que le
« mémoire qui sera à produire à l'administration des Bâtiments
« soit uniquement du nom dudit s^r Pajou, comme si le travail
« eût toujours été entre ses mains, renonce à jamais répéter
« quoique ce soit vis-à-vis de l'administration des Bâtiments, à
« laquelle sera justifié de la présente soumission par la remise
« d'un des doubles du présent entre les mains de M. Pierre, pre-
« mier peintre du Roi, qui en justifiera à l'Administrateur gé-
« néral.

« Fait et signé triple entre nous, à Paris, ce 16 février 1776.

« Approuvé l'écriture ci-dessus, veuve Dumont, pour être remis
« entre les mains de M. Pierre, premier peintre du Roi. »

Pajou.

(O¹ 1922 b)

(V. Falconet et Dumont).

Bustes du Dauphin, fils de Louis XV, et de Louis XVI

Pajou exposa un buste de Louis xvi au Salon de 1777.
Nous ne connaissons que deux bustes du Roi de cet artiste.
L'un se trouve au Petit Trianon, n° 196 et est signé Pajou, *regis
sculptor* 1779 ; l'autre est à l'Hôtel de Ville de Versailles.

Bustes exécutés en 1776 et 1777.

Mémoire de trois bustes en marbre blanc, faits pour le
service du Roi, sous les ordres de M. le comte d'Angiviller,
par le s^r Pajou, en 1776 et 1777.

Le premier représente feu *Mgr le Dauphin*, père de
Louis XVI, destiné pour M. le comte de Maurepas.

Le second représente *Louis XVI*, destiné pour M. le marquis de Marigny.

6

Estimés chacun 2.400 liv...... .... 7.200 liv.

A Paris, ce 20 mars 1779.

Signé : Soufflot, Pierre, Hazon.

(O¹ 1922 b.)

L'ampliation du parfait paiement est du 7 février 1780 :

Reçu de M. le Dʳ Gˡ une ampliation, adressée au sʳ Pajou de la somme de 5.200 liv. pour faire... etc... le parfait paiement de 8.200 liv. à quoi montent quatre bustes en marbre, le premier représentant *M. le Dauphin*, père de Louis XVI. Les deuxième et troisième *Louis XVI*, et le quatrième *M. Titon du Tillet*, qu'il a fait pour le service du Roi, pendant les années 1776 et 1777, suivant deux mémoires certifiés.

Reçu de M. Pierre, l'ampliation, etc...

A Paris, 7 février 1780.   Pajou.

(Registre du Louvre, p. 289.)

Pajou exécuta encore trois bustes pendant les mêmes années

Mémoire de trois bustes en marbre, faits pour le service du Roi, sous les ordres de M. le comte d'Angiviller, Dʳ Gˡ, etc... par le sʳ Pajou, pendant les années 1776 et 1777.

Le premier. — Une copie en marbre du buste de feu *Mgr le Dauphin*, père de Louis XVI, destiné pour M. le comte d'Angiviller.

Le deuxième. — Une copie en marbre du buste de *Louis XVI*, destiné aussi pour M. le comte d'Angiviller.

Le troisième. — Une copie en marbre du buste de *Louis XVI*, destiné pour M. le chevalier de La Ferrière.

Ces trois bustes estimés chacun 2.400 liv. ensemble 7.200 liv.

Certifié, le 7 juin 1782, signé : Pierre.

(O¹ 1922 b)

L'ampliation du parfait paiement est du 8 juin 1784 :

Reçu de M. le Dʳ général une ampliation adressée au

s^r Pajou, de la somme de 4.700 liv. faisant le parfait paiement de 7.200 liv. à quoi montent trois bustes, l'un de *Mgr le Dauphin*, père du Roi, et les deux autres de *Louis XVI*, qu'il a faits pour le service du Roi, pendant les années 1776 et 1777, suivant un mémoire certifié.

Reçu de M. Pierre, l'ampliation et le mémoire ci-joints.

A Paris, ce 8 juin 1784.

Pajou.

(Registre du Louvre.)

Buste exécuté en 1784

Mémoire d'un buste en marbre, fait pour le service du Roi, sous les ordres du M. le comte d'Angiviller, D^r G^l, etc... par le s^r Pajou, pendant l'année 1784.

Un buste et le portrait de *Louis XVI*, destiné et livré pour M. le marquis de Montesquiou.

Estimé.. 2.400 liv.

Plus pour le prix du marbre fourni pour ledit buste.. 360 »

Frais de transport dudit........................ 3 »

Total.......... 2.763 liv.

Certifié, le 15 janvier 1786.

Signé : Pierre.

(O¹ 1922 b)

Statue de Descartes

Mémoire d'une statue en marbre faite pour le service du Roi, sous les ordres de M. le comte d'Angiviller, par le s^r Pajou en 1776 et 1777.

Cette figure en marbre est de grandeur naturelle.

Elle représente le *philosophe Descartes*.

Estimée.. 10.000 liv.

A Paris, 12 septembre 1778.

Signé : Mique, Soufflot, Pierre.

(O¹ 1922 b)

Le parfait paiement fut effectué en 1778 :

Au s^r Pajou, sculpteur ; 2.400 liv. pour faire..... etc..... le parfait paiement de 10.000 liv. pour le prix d'une statue du *philosophe Descartes*, qu'il a fait en marbre, suivant quittance ci-rendue avec un mémoire. Ci.......... 2.400 liv.

(O¹ 2763 b)

Le marbre au Salon de 1777. Cette statue est actuellement à l'Institut. Le modèle en terre au musée de Sèvres.

Statue de Bossuet

Mémoire d'une des quatre statues en marbre, pour le service du Roi, exécutée sous les ordres de M. le comte d'Angiviller par le s^r Pajou en 1778-1779.

Cette statue de marbre a six pieds de proportion.

Elle représente *Bossuet*, évêque de Meaux, debout, en camail et en rochet.

Estimée... 10.000 liv.

Arrêté et réglé le 29 décembre 1779.

Signé : Pierre, Soufflot, Jardin.

(O¹ 1922 b)

L'ampliation du parfait paiement est du 7 septembre 1780 :

Reçu de M. le D^r général une ampliation adressée au s^r Pajou, de la somme de 2.000 liv. pour faire..... etc..... le parfait paiement de 10.000 liv. à quoi monte une statue de marbre en pied, représentant *Bossuet*, évêque de Meaux en camail et en rochet, qu'il a fait pour le service du Roi, pendant les années 1778 et 1779, suivant un mémoire certifié et arrêté.

Reçu de M. Pierre l'ampliation ci-contre, à Paris. Ce 7 septembre 1780.

Pajou.

(Registre du Louvre)

Le marbre au Salon de 1779 ; cette statue est actuellement à l'Institut. Le modèle en terre au musée de Sèvres.

Statue de Turenne

Mémoire d'une statue en marbre, faite pour le Roi, sous les ordres de M. le comte d'Angiviller, par le sʳ Pajou pendant les années 1782-1783.

Cette figure en marbre a six pieds de proportion.

Elle représente le *maréchal de Turenne*.

Estimée...... .... 10.000 liv.

Arrêté et réglé le 30 octobre 1783.

Signé : Pierre, Hazon, Jardin.

(0¹ 1922 b)

Le marbre au Salon de 1783. Musée de Versailles, n° 2876. Le modèle en terre au musée de Sèvres.

Statue de Pascal

Mémoire d'une figure en marbre exécutée pour le service du Roi, sous les ordres de M. le comte d'Angiviller, par le sʳ Pajou, sculpteur du Roi, de 1780 à 1785, année de la livraison.

Cette figure a six pieds de proportion.

Elle représente *Pascal*.

Estimée 10.000 liv.. .... 10.000 liv.

Arrêté et réglé le 19 octobre 1785.

Signé : Hazon, Jardin, Pierre.

(0¹ 1922 b)

Le plâtre au Salon de 1781. Le marbre au Salon de 1785. Cette statue est aujourd'hui à l'Institut. Le modèle en terre au musée de Sèvres.

Statue de Lamoignon

Mémoire d'une statue ordonnée en 1787 pour le service du Roi, par M. d'Angiviller à exécuter en marbre, par le sʳ Pajou.

Cette figure a six pieds de hauteur.

Elle représente le *chancelier de Lamoignon*.

Estimée................................... 10.000 liv.

(O¹ 1922 b)

Cette statue n'a jamais été exécutée,

Psyché

Cette statue, dont le plâtre fut exposé au Salon de 1785 et le marbre au Salon de 1791, est actuellement au Louvre, sous le n° 777.

Nous n'avons pas trouvé de documents de comptabilité qui la concernent.

D'après une lettre de Pajou (vendue dans la collection Gauchez) et datée de 1783, l'artiste destinait cette *Psyché* à faire le pendant de l'*Amour*, de Bouchardon.

Jean-Baptiste PIGALLE

Mercure & Vénus

Mémoire des ouvrages faits pour le Roi, suivant les ordres de M. Orry, par J.-B. Pigalle, sculpteur de S. M.

Une figure en marbre représentant *Mercure qui se dispose à faire un message*. Ce qui monte à environ... 5.000 liv.

Le temps que j'ai mis à faire ces deux modèles en terre le grand de 7 pieds 1/2 de proportion, le petit de 2 pieds 1/2 aussi de proportion. Compris les déboursés ci-dessus................. 12.000 liv.

Total..................... 18.000 liv.

(O¹ 1922 b)

Les petits modèles en terre du *Mercure* et de la *Vénus* furent exposés au Salon de 1742.

Mémoire des ouvrages de sculpture faits pour le Roi, suivant les ordres de M. de Tournehem, par Pigalle, sculpteur en son Académie.

Deux figures en marbre de 7 pieds de proportion.

L'une représente *Vénus qui donne un message à Mercure*. Pour ladite figure, la somme de..............

L'autre, *Mercure qui attache ses talonnières*, pour la somme de.......... ....

Mercure et Vénus sont du s^r Pigalle.

Ces figures, un peu plus fortes que nature sont d'une rare beauté. L'auteur travaille encore à la *Vénus* qui ne sera terminée qu'à la fin août. Le *Mars* pèse environ 2.500. Le *Mercure* environ 2.000. La *Vénus* est à peu près du même poids. Ces trois figures doivent être accompagnées de quelques autres morceaux de sculpture, dont le choix n'est pas encore fait. Les deux figures ont été données par le Roi à S. M. Prussienne, en 1750, avec deux groupes du s^r Adam l'ainé. Quant au *Vase*, il est dans la salle des Antiques au Louvre.

Estimés.................................. 24.000 liv.

Le parfait paiement est du 28 septembre 1749 (V. ci-après). Il était de 10.000 liv. pour chacune des deux statues.

Le plâtre de la *Vénus* fut exposé au Salon de 1747.

Le *Mercure* et la *Vénus* furent, au moment du Salon de 1748 exposés dans l'atelier de Pigalle. Louis XV les offrit au Roi de Prusse. Les deux statues étaient encore à Paris en 1750. Elles arrivèrent à Berlin avant 1752 (V. Seidel. La collection d'œuvres d'art françaises de S. M. le Roi de Prusse, n° 198 et 199).

Le *Mercure* est exposé dans les musées royaux de Berlin ; la *Venus* est restée dans le parc de Sans-Souci. Le *Mars* dont il est question dans ce mémoire est une copie d'après l'antique faite par Adam l'aîné pendant son séjour à Rome et qui fut également donnée au Roi de Prusse. Le *Vase* est celui qui est étudié ci-dessous.

Un Vase aux attributs de l'Automne

Plus un *Vase* aussi en marbre de six pieds de haut, très richement orné de deux têtes de Bacchantes de grandeur naturelle, de deux têtes de boucs, deux consoles, deux cartouches, de feuilles de refend, godrons, de plusieurs autres ornements, ainsi que de deux guirlandes de branches de vigne, feuilles et raisins, faisant, tous lesdits ornements, allusion à l'*Automne*.

Pour ledit vase la somme de................ 4.000 liv.
      (O¹ 1922 b.)

Le parfait paiement fut effectué le 28 septembre 1749:

Au sᵣ PIGALLE.

800 liv. pour faire... etc... le parfait paiement de 24.000 liv. à quoi montent deux figures représentant *Vénus* et *Mercure*, et un *Vase* en marbre, qu'il a faits pour le service du Roi, dans les années précédentes, suivant un mémoire.

Ci... 800 liv.
      (O¹ 2249, p. 333)

Donné par le Roi à I. M. de MARIGNY, le 22 décembre 1770, ce vase se trouve encore à Ménars, il fait pendant à un vase d'ADAM le jeune (V. Appendice).

Un Christ en Croix

Mémoire d'un *Christ en croix*, exécuté en marbre blanc, placé dans l'appartement de Mgr le DAUPHIN, à Versailles, fait sous les ordres de feu M. de TOURNEHEM, par le sᵣ PIGALLE, pendant l'année 1752.

Ce morceau est d'une exécution délicate ; le *Christ* et la croix sur laquelle il est attaché sont taillés dans le même bloc de marbre, la hauteur du tout est de 22 pouces.

Estimé............................... 3.000 liv.
A Paris, ce 27 juin 1755.
Signé : COCHIN.

      (O¹ 1922 b)

Le parfait paiement eut lieu le 10 décembre 1760, en même temps que celui du buste de madame de POMPADOUR (V. ci-après).

Le *Christ* ne fut jamais livré au DAUPHIN, il resta dans l'atelier de PIGALLE. Le curé et les marguilliers de St-Germain l'Auxerrois l'y virent et le 16 juin 1769 écrivirent à MARIGNY afin d'en obtenir le don pour leur église. Le 28 juin 1769, MARIGNY leur répondait par un refus.

Ce *Christ* fut donné à MARIGNY par bon du Roi, le 15 mars 1772. Nous le retrouvons dans le catalogue de sa vente sous le n° 198. Il avait été encadré dans une bordure de bronze doré faite par Philippe CAFFIERI, dont voici le mémoire :

Mémoire d'une bordure de bronze, dorée d'or moulu, faite pour le service du Roi, ordonné par M. le marquis de Marigny, commandeur des ordres du Roi, etc... par CAFFIERI, pendant l'année 1753.

Cette bordure qui renferme un *Christ* exécuté en marbre par M. PIGALLE, pour Mgr le DAUPHIN, a 2 pieds 9 pouces de hauteur, 19 pouces de largeur, 2 pouces et demi d'épaisseur, 2 pouces de large sur la face et par derrière 2 pouces et demi de large en recouvrement sur le marbre : au haut de la bordure et sur le milieu est placé un cartouche aux armes de Mgr le Dauphin, avec des accompagnements de palmes et de fleurs ; au bas et un cul-de-lampe orné qui soutient la croix. Cette bordure est d'un profil simple avec un ornement cannelé dans le pourtour ; elle est d'un fini très recherché et dorée avec soin.

Estimée...................................... 700 liv.

L'Amitié

Mémoire d'une figure en marbre pour le service du Roi, ordonnée par M. de TOURNEHEM en 1750, et livrée sous la direction de M. de MARIGNY, par le sʳ PIGALLE.

Une figure emblématique, représentant l'*Amitié*, ayant auprès d'elle un tronc d'arbre sur lequel serpente une plante de lierre et à ses pieds est une couronne de fleurs de toutes les saisons. Estimée........................ 16.000 liv.

A Paris, 21 août 1760.

Signé : COCHIN.

(O¹ 1922 b)

Un mémoire de PIGALLE apprend qu'il avait fait en outre :

« Un grand modèle de la figure de l'*Amitié* de la même hau-

« teur que la figure de marbre entièrement finie, ainsi qu'un de
« dix-huit pouces de haut, pour parvenir à faire le grand ; et la
« figure de marbre est au trois quarts faite. »

Le parfait paiement eut lieu le 10 décembre 1760, l'estimation
de cette statue fut réduite à 10.000 liv. (V. ci-dessous).

Cette figure était une statue de madame de POMPADOUR, avec
les attributs de l'*Amitié*, elle était destinée au *bosquet de l'Amour*,
dans le parc de Bellevue et y resta jusqu'à la Mort de madame de
POMPADOUR.

MOPINOT dans son *Eloge de Pigalle* (1) dit qu'à la vente de la
succession de celle-ci, PIGALLE racheta son œuvre, il affirme l'avoir
vu après cet événement dans l'atelier de l'artiste ; en 1786, l'*Amitié*
appartenait au duc d'Orléans. Elle fut sans doute vendue pendant
la Révolution avec les collections de ce prince, et fut achetée
dans la première moitié du xixᵉ siècle, par le marquis d'HERTFORD
qui la plaça dans ses jardins de Bagatelle. Elle appartient aujour-
d'hui au baron Henri de ROTHSCHILD.

Buste de Madame de Pompadour

Mémoire d'un buste en marbre, représentant le portrait
de *madame la marquise de Pompadour*, ledit ouvrage fait
d'après les ordres de M. LE NORMANT DE TOURNEHEM, Dʳ
général, en 1751, par J.-B. PIGALLE, sculpteur de Sa Majesté.

Pour ledit ouvrage, eu égard et aux ornements dudit portrait qui sont aigrettes de fleurs et dentelles, et à la qualité
de ce marbre, la somme de.................... 2.000 liv.

A Versailles, ce 18 mars 1751, signé : COYPEL.
(O¹ 1922)

Le mémoire écrit par PIGALLE en 1752 ajoute les renseignements ci-dessous :

« Le marbre du portrait de *madame de Pompadour*, entièrement fini.

« J'ai fait un modèle en terre qui m'a occasionné beaucoup de
« dépenses, par les différents voyages que j'ai faits et par la diffi-
« culté du transport du modèle. Il s'est trouvé au moins le double
« d'ouvrage par la dureté et âcreté du marbre qui est d'une nouvelle

(1) Londres, 1786.

« carrière découverte en France. Comme ce marbre a paru très beau
« on m'a chargé d'y faire des choses délicates pour s'assurer, avant
« que d'en faire tirer de cette carrière, s'il était bon pour la sculp-
« ture, ce qui m'a occasionné de faire de la dentelle et un bouquet
« de fleurs, qui m'ont coûté beaucoup de temps, non seulement par
« le travail de cette dentelle, mais encore par la mauvaise qualité
« de ce marbre ; cependant ce travail était nécessaire, puisqu'il m'a
« mis en état de rendre compte que ce marbre ne pouvait pas se
« travailler. »

Ce buste semble perdu.

Le parfait paiement des trois œuvres précédentes est du 10 décembre 1760.

Au s^r Pigalle, sculpteur, 1.193 liv. 15 s. pour faire.....
etc..... le parfait paiement de 15.000 livres, à quoi monte
un *Christ* en marbre blanc, placé dans l'appartement de
M. le Dauphin, au château de Versailles, estimé 3.000 liv. ;
une figure en marbre, représentant l'*Amitié*, estimée 10.000
liv. ; un buste aussi en marbre représentant *madame la marquise de Pompadour*, estimé 2.000 liv., lesdits ouvrages faits
pendant les années dernières. Ci......... 1.193 liv. 15 s.

(O¹ 2256)

L'Education de l'Amour

Un groupe en marbre représentant *Vénus qui engage Mercure à se charger de l'éducation de l'Amour*.... 29.000 liv.

Nota. — Ce morceau, suspendu par l'exécution du tombeau de
M. le maréchal de Saxe ; d'ailleurs, l'estimation qui en avait été
faite à 20 ou 24 mille livres ne paraît point relative à la quantité
d'ouvrage qu'il y a dans ce groupe composé de deux figures
presque nues et d'un enfant également nu, ce qui exige un grand
travail et beaucoup d'études.

Il a reçu à compte....................... .. .. 5.400 liv.

(Etat des commandes 1756) (O¹ 1921 a)

Le modèle en plâtre fut exposé au Salon de 1751.

Un mémoire de Pigalle (1752) nous donne l'histoire de ce travail, qui ne fut pas achevé.

« Plusieurs petits modèles en cire pour la composition du groupe
« de l'*Education de l'Amour*, sur l'un desquels petits modèles cet
« ouvrage a été ordonné, il y a plus de 18 mois.

« Un modèle de ce même sujet dont les figures ont deux pieds
« de proportion pour parvenir à faire celui de la grandeur que
« sera l'ouvrage en marbre. Il y a plus de six mois que ce mo-
« dèle est fini. Ces différents modèles sont l'ouvrage de plus de
« neuf mois.

« Celui de 2 pieds de proportion a été exposé au Salon du
« Louvre l'année dernière, 1751.

« Et depuis deux mois que ces modèles sont finis, deux compa-
« gnons n'ont point cessé de travailler à un grand modèle qui est
« de la même hauteur que sera le marbre. Ce grand modèle a
« aussi employé deux mois de mon temps et quatre manœuvres
« n'ont cessé d'apprêter le plâtre nécessaire. »

   (O¹ 1922 b)

En 1770 (1) PIGALLE demandait officiellement à être dispensé de
l'exécution de ce groupe et demandait que les acomptes reçus lui
fussent allouées comme honoraires pour le travail déjà fait. Un
modèle de ce groupe passait dans la vente LEGENDRE, le 3 septembre 1770. Le catalogue de cette vente le donne comme unique, le
moule en ayant été brisé.

(V. ROCHEBLAVE, *Revue de l'Art ancien et Moderne*, 1905, T. II,
p. 35 et suiv.).

Le Mausolée du Maréchal de Saxe (2)

La correspondance de M. de MARIGNY nous apprend que ce
tombeau fut commandé en 1753. Le 12 février 1753. M. de VANDIÈ-
RES écrivait à LÉPICIÉ pour lui annoncer que le Roi avait choisi le
projet qu'il désirait voir exécuter (3). Le mausolée se trouve encore aujourd'hui dans le chœur de l'église Saint-Thomas, à Strasbourg.

Mémoire du mausolée en marbre de *M. le maréchal comte
de Saxe*, pour le service du Roi, commencé sous les ordres
de M. le marquis de MARIGNY en 1755, terminé et placé dans
l'église luthérienne de Strasbourg, sous les ordres de M. le
comte d'ANGIVILLER, Dʳ Gⁱ, etc... etc..., par le sʳ PIGALLE pendant l'année 1776

Ce mausolée est composé de quatre figures emblématiques

---

(1) O¹ 1934 b.
(2) V. ROCHEBLAVE. *Le mausolée du Maréchal de Saxe.*
(3) (V. *Corresp de M. de Marigny*, T. I, p. 30 et 33).

plus fortes que nature. Celle du maréchal de SAXE est debout et descend dans le tombeau dont la *Mort* lui découvre l'entrée. La *France* personnifiée s'oppose en vain à la perte de ce général. La *Valeur*, sous l'emblême d'un Hercule gaulois, paraît consternée. Des groupes de Génies désignent les mêmes regrets sur différents objets relatifs aux connaissances de ce général. Les attributs des nations que le comte de Saxe a combattues, y sont dans des expressions convenables aux circonstances. Ledit ouvrage, selon la soumission du s^r PIGALLE, éstimé la somme de..............   96.500 liv.

Plus avoir employé trois cent quatre vingt et un pieds carrés de marbre, à raison de 4 liv. le pied, pour ajouter à la pyramide, lors du posage dudit mausolée à Strasbourg, qu'il a payé au s^r LAURENT, marbrier, suivant sa demande en date du 5 décembre 1776. Ci...............   1.500 liv.

Plus un chariot qui a conduit de Paris à Strasbourg la caisse contenant le mausolée, ci......   600 liv.

Plus et enfin pour faux frais................   84 liv.

Total.................... .....   98.684 liv.

Signé : PIERRE, JARDIN, HEURTIER.

Certifié à Paris, le 20 avril 1779, signé : PIERRE.
(O¹ 1922 b.).

Le parfait paiement fut effectué en 1779 :

Au s^r J.-B. PIGALLE, sculpteur.
8.984 liv. pour solde du mausolée de *M. le maréchal comte de Saxe*, sur sa quittance ci-rendue, avec un mémoire. Ci................................... ....   8.984 liv.
(O¹ 2763 b)

Philippe-Laurent ROLAND

Statue de Condé

Mémoire d'une statue en marbre exécutée pour le service du Roi, sous les ordres de M. le comte d'ANGIVILLER, par le s^r ROLAND, sculpteur du Roi pendant l'année 1787.

Cette statue a six pieds de proportion.

Elle représente le *Grand Condé*.

Estimée 10.000......................... 10.000 liv.

    (O^1 1922 b.).

Le plâtre au Salon de 1785. Le marbre au Salon de 1787. Au musée de Versailles, n° 2835. Le modèle en terre au musée de Sèvres.

Alexandre ROUSSEAU, dit Rousseau de Corbeil

Un Vase

Un *vase* de marbre avec ornements placé dans le château de la Muette de 4 p. de hauteur sur 3 pieds 2 p. de largeur. Estimé 4.200 liv. Modéré à................ 2.799 liv.

    (Etat des commandes, 1728). (O^1 1921 a).

Le parfait paiement est du 10 avril 1735 :

Aux héritiers d'Alexandre ROUSSEAU, sculpteur.

Pour un *vase* qu'il a fait en marbre pour le jardin de Marly, pendant l'année 1732. Suivant un mémoire.

Cy.. 2.799 liv.

    (O^1 2232* p. 97).

Ce vase commandé pour Marly fut envoyé à la Muette où il faisait le pendant d'un vase de J.-L. LEMOYNE (1), auquel il était exactement pareil (V. J.-L. LEMOYNE).

(1) (V. *Nouv. Arch. de l'Art français*, 1892, p. 359).

Jacques *SALY*

Mercure

L'artiste reçoit cette commande pour Choisy ; mais, partant pour le Danemark, il ne la commence même pas ; Guillaume II Coustou, en est chargé à sa place (V. Appendice).

René-Michel dit Michel-Ange *SLODTZ*

La Victoire qui ramène la Paix

Un groupe en marbre représentant la *Victoire qui ramène la Paix*. (Choisy, pour le *bosquet de la Paix*).
Ouvrage distribué en 1753.
Estimé................................... 20.000 liv.
Il travaille au modèle.
    (O¹ 1979, p. 65)

Un état de commandes nous apprend que : « Ce groupe est composé de deux grandes figures, un enfant et deux animaux » (1).
Le modèle de ce groupe fut exposé au Salon de 1757. Le groupe lui-même ne fut jamais fait.
Une lettre de Marigny à Cochin, écrite après la mort de Slodtz, (10 novembre 1764) dit que : « Puisqu'il (Slodtz) n'avait point commencé le groupe représentant la *Victoire qui ramène la Paix*, il convient de remettre à d'autre temps l'exécution de cette idée. » (V. Appendice).

Travaux pour le château de Saint-Hubert

Extrait d'un mémoire d'ouvrages de sculpture faits au château de St-Hubert, par le sʳ Michel-Ange Slodtz, pendant les années 1758 et 1759. Consistant en un modèle d'un bas-relief d'enfants représentant la *Chasse du Vol*.

(1) (O¹ 1921 a)

L'avoir moulé, transporté et réparé, ledit bas-relief en stuc.................................... 1.200 liv.

Un buste de *Diane* dans une niche circulaire et deux enfants de ronde-bosse tenant des instruments de chasse de la déesse groupée avec son chien et des filets, posée sur la porte intérieure du salon.................................... 1.800 liv.

Deux modèles pour les quatre trophées de chasses placées dans les panneaux de l'attique dudit salon.

Moulage, transport et réparage.. .... 1 500 liv.

Un modèle de branches de chêne pour les quatre panneaux dudit attique............... 400 liv.

Ledit mémoire arrêté par les officiers, le 14 août 1759.......... .... 4.900 liv.

(O¹ 2635)

Le château de St-Hubert situé près de Rambouillet est aujourd'hui ruiné.

Travaux pour l'Eglise de Choisy

Mémoire des ouvrages de sculpture exécutés pour le service du Roi, dans l'église de Choisy, sous les ordres de M. le marquis de MARIGNY, Dr G¹, etc... par le sr SLODTZ, pendant les années 1759 et 1760.

Deux bas-reliefs dans les encadrements qui sont entre l'imposte et la corniche, près l'arcade du milieu où est le maître-autel : on a représenté dans celui du côté de l'Epître les Tables de l'ancienne Loi, tenues par deux anges enfants sur des nuages, pendant qu'un troisième renverse le Veau d'Or, élevé sur un piédestal ; les commandements donnés à Moïse sont exprimés sur ces tables en caractères hébraïques de bronze doré. La nouvelle Loi est caractérisée dans l'autre bas-relief par le livre de l'Evangile que trois anges sur une nuée tiennent ouvert dans l'endroit où le Sauveur donne un commandement nouveau exprimé par ces mots en lettres de bronze doré.

« *Mandatum novum do vobis ut diligatis invicem, Joan. XIII.*»

Le rameau d'olivier et la croix paraissent entre les mains de ces anges.

La destruction du paganisme est aussi exprimée dans le même bas-relief, par une idole brisée et renversée auprès de ce livre rayonnant.

Ces bas-reliefs sont pris dans la masse qui est en pierre de lambourds de St-Maur. Ils ont chacun sept pieds et demi de longueur, sur cinq pieds un quart de hauteur.

Estimés ensemble pour les modèles, les moules et l'exécution, avec les lettres de bronze, sans la dorure, à la somme de... .... 5.000 liv.

Deux anges sur les arrières corps de l'autel en adoration devant une figure de Christ en marbre, placé sur un socle dans le milieu de l'arcade; les nuages qui le soutiennent se répandent des deux côtés, mêlés de plusieurs têtes de chérubins et servent à porter ces anges, qui ont six pieds de proportion ; ils sont en plâtre, de même que les nuages et les chérubins, travaillés sur le lieu même pour servir à l'exécution en marbre.

Estimés ensemble, compris les soins employés à la conduite pose et nettoiement de la figure du Christ.
à la somme de... 6.000 liv.

Total....... 11.000 liv.

Je soussigné, certifie à M. de MARIGNY, D^r G^l, etc... que les ouvrages mentionnés au présent mémoire ont été faits pour le service du Roi.

Livrés et approuvés à Paris, 27 mars 1762.

Signé : Cochin

(O¹ 1922 b.)

Le parfait paiement est du 1er avril 1771.

Au sᵗ Michel-Ange SLODTZ.

12.174 liv... etc... pour faire... etc... le parfait paiement de 19.574 liv. à quoi montent les ouvrages de sculpture qu'il a faits dans l'église paroissiale de Choisy, pendant les années 1759, 1760 et 1762, suivant trois mémoires certifiés, ci..................... .... 12.174 liv.

(O¹ 2268, p. 286)

La statue du *Christ*, est une copie d'après le CHRIST de Michel-Ange qui se trouve dans l'église de la Minerve à Rome. Elle fut exécutée pendant le séjour de SLODTZ à l'Académie de France. Elle arriva à Marseille le 24 janvier 1737 (V. Corresp. des Directeurs de l'Académie de France à Rome, t. IX, p. 272 et 286).

Elle fut alors déposée à la salle des Antiques ; l'abbé du LAU D'ALLEMANS, curé de Saint-Sulpice, la demanda pour son église en 1752, ce qui ne lui fut pas accordé. Elle fut en 1760 donnée à l'église paroissiale de Choisy, où elle resta jusqu'à la Révolution.

Apportée pendant la Révolution au musée des Monuments Français, elle fut déposée le 3 brumaire an XII, dans une chapelle de l'église des Invalides où elle est encore actuellement.

Les deux bas-reliefs avaient déjà disparu à l'époque de la Révolution, comme le constate LENOIR.

Paul SLODTZ

Minerve

Une figure en marbre représentant *Minerve avec les attributs des sciences*. (Choisy, pour le *bosquet de la Paix*). Ouvrage distribué en 1753 (1).

NOTA. — Cette figure qui restait à distribuer a été accordée par M. le Dᵣ général, au sᵣ SLODTZ.

Estimée................. .... 10.000 liv.

(O¹ 1979)

Cette figure ne fut pas exécutée, Paul SLODTZ étant mort avant de l'avoir commencée ; la commande fut transmise à FALCONET (V. ce nom.) (V Appendice).

---

(1) V. VAUFFLARD. Les étapes du *Christ* de SLODTZ : Bulletin de la Société historique du VIᵉ arrondissement, 1906, p. 41.

Jean-Baptiste STOUF

Statue de saint Vincent de Paul

Mémoire d'une statue ordonnée en 1786, pour le service du Roi, par M. d'Angiviller, à exécuter en marbre, par le sr Stouf, sculpteur du Roi.

Cette statue a six pieds de proportion.

Elle représente *saint Vincent de Paul*.

Estimée............................... 10.000 liv.

Le modèle et le plâtre exécutés valent..... 3.000 liv.

Certifié, etc., 15 septembre 1790 : Vien.
(O¹ 1922 b)

Le plâtre de cette statue fut exposé au Salon de 1787, le marbre au Salon de 1798.

Stouf recevait la commande du marbre de sa statue pendant la Révolution. Il en demandait le paiement par une lettre du 15 messidor, an VI. Renou annonçait par une lettre du 18 messidor suivant que la statue était achevée et en même temps que le Ministère de l'Intérieur commandait à Stouf la statue de *Montaigne*.

Le parfait paiement de celle-ci fut effectué le 27 frimaire an VII.

Le *Saint-Vincent de Paul* est aujourd'hui à l'hôpital des Enfants-Assistés. Le *Montaigne* est à l'Institut.

Antoine-François VASSÉ

Un devant d'autel pour Notre-Dame

Un mémoire pour un bas-relief exécuté en bronze, et placé dans le chœur de l'église cathédrale de Paris, dont le sujet est *Jésus-Christ mis au tombeau*.

Estimé, non compris la dorure.............. 8.431 liv.
Du 10 mai 1729.

Le paiement du modèle est du 24 mai 1729 :

Au sr Vassé, sculpteur.

Pour faire avec les 1.200 liv. ci-dessus, le parfait paiement de 2.250 liv. à quoi montent l'esquisse, le modèle en cire, et le moule du bas-relief du grand autel de Notre-Dame de Paris, qu'il a commencé en 1712 et fini en la présente année.

Suivant un mémoire, ci............... .... 1.050 liv.

(O¹ 2229, p. 220)

Ce bas-relief fut achevé par Louis Claude VASSÉ, fils, d'ANTOINE-FRANCOIS et coulé en bronze sous sa surveillance.

Le parfait paiement est à son nom, il est du 17 décembre 1756.

Au sᵣ VASSÉ, sculpteur.

Pour faire le parfait paiement de 8.431 liv. à quoi monte un bas-relief, représentant *Jésus-Christ*, soutenu et mis dans le tombeau par trois de ses disciples, qu'il a fait et posé en 1752, au grand autel de Notre-Dame de Paris, suivant un mémoire certifié. Ci................... ..... 1.231 liv.

(O¹ 2252, p. 322)

Ce bas-relief haut de 2 pieds 6 pouces et lärge de 8 pieds 2 pouces fut pendant la Révolution transporté au musée des Monuments Français ; il fut réclamé en vendémiaire an X, par le clergé de Notre-Dame. On constata alors qu'il avait été détruit et LENOIR envoya, pour le remplacer un autre bas-relief de bronze représentant également une mise au tombeau, par GIRARDON ; cet ouvrage, provenant du tombeau de Louvois, jadis dans l'église des Capucines ; a été placé sous *la Descente de Croix* de COUSTOU.

Louis-Claude VASSÉ

La Laitière

Mémoire d'une figure de 4 pieds 1/2 en pierre de Tonnerre, représentant une petite fille appelée la *Laitière*, destinée pour la laiterie de madame de POMPADOUR à Crécy.

Estimée 2.500 liv............. . ... 2.500 liv.

(O¹ 1922 b)

Cette statue a disparu (V. appendice).

Vénus instruisant l'Amour à tirer de l'arc

Mémoire pour un groupe de marbre représentant *Vénus instruisant l'Amour à tirer de l'arc*, qu'il a fait pour le service du Roi, pendant les années dernières.

Estimé............................... 14.000 liv.

    (O¹ 1922 b)

La commande est de 1741.
Le parfait paiement est du 20 janvier 1761 :

Au s͏ʳ V͏ᴀꜱꜱᴇ́.

100 liv. pour faire... etc... le parfait paiement de 14.000 liv. à quoi monte un groupe en marbre représentant *Vénus instruisant l'Amour à tirer de l'arc* fait pour le Roi pendant les années dernières, suivant un mémoire certifié.

Ci................................... 100 liv.

    (O¹ 2559, p. 303)

Ce groupe fut donné par Louis XV à Madame du Bᴀʀʀʏ pour ses jardins de Louveciennes en août 1771 (1). Confisqué pendant la Révolution il fut placé au musée spécial de l'Ecole Française à Versailles. Il orna ensuite le parc de Saint-Cloud jusqu'en 1872. Il est conservé aujourd'hui dans les magasins de Versailles.

Bustes de François Iᵉʳ

Mémoire de deux bustes en bronze représentant le *Roi François Iᵉʳ*, qu'il a faits pour le service du Roi, pendant l'année 1756.

Estimés............................... 2.400 liv.

    (O¹ 1922)

Le parfait paiement est du 15 mars 1757 :

Au s͏ʳ V͏ᴀꜱꜱᴇ́, sculpteur.

400 liv. pour faire... etc... le parfait paiement de 2.400 liv. à quoi montent deux bustes en bronze de *François Iᵉʳ* qu'il a

(1) V. *Arch. de l'art fr.*, t. VI, p. 271.

faits pour le service du Roi, pendant l'année dernière, suivant un mémoire certifié Ci . . . . 400 liv.

    (O¹ 2256)

Du 23 avril 1766.

96 liv. pour son paiement d'une couleur antique qu'il a composée pour être appliquée sur un buste de *François Iᵉʳ*. Ci . . . . 96 liv.

    (O¹ 2268)

L'un de ces bustes fut donné par le Roi au marquis de Marigny par *bon* du 27 septembre 1753. C'est peut être celui qui, provenant du dépôt de l'hôtel de Nesle, fut placé ensuite au Musée des Monuments français, fut donné à la ville de Cognac, le 24 janvier 1819. Il est actuellement à la Mairie de cette ville.

Jacques VERBERCK

Deux Vases aux Attributs du Printemps

Mémoire des ouvrages de sculpture en marbre faits pour le service du Roi, commencés suivant les ordres de M. ORRY, alors Dʳ Gˡ etc... finis sous les ordres de M. LENORMANT DE TOURNEHEM, Dʳ Gˡ etc... conformément aux dessins de M. GABRIEL, premier architecte de S. M. par VERBERCK, pendant les années 1742 jusqu'en l'année 1747.

Avoir fait deux vases de marbre blanc de 6 pieds de hauteur sur 4 pieds 6 pouces de diamètre, lesquels représentent le *Printemps*. Ils sont ornés sur le quart de rond du chapeau, d'un grand godron entouré de bandes, accompagnées de doubles carrés ; en avoir poussé l'architecture.

Le corps du vase est enrichi par quatre festons formés par toutes sortes de fleurs et décoré de deux têtes de Flore posées sur des cartouches, lesquels sont formés par des rocailles et accompagnés d'ailes de chauve-souris, et au-dessus desdits cartouches sont des chutes de fleurs.

Au-dessous du même corps de vase sont des culots, lesquels sont ornés par deux grandes consoles enrichies de bandes et formant le balustre, lesquelles sont revêtues de morceaux de rocailles ; et au-dessus de ces consoles sont des têtes de bélier qui ont une couronne de fleurs au col et le corps du culot est décoré de canaux creux qui tournent obliquement sur le même culot.

Le pied d'ouche est orné dans trois parties. Le quart de rond du haut est orné par des feuilles de refend qui sont accompagnées de coquilles ; la gorge dudit pied d'ouche est enrichie de canaux à l'antique qui se terminent en palmettes, lesquelles sont ornées de bandes avec des doubles carrés et le gros tore du même pied d'ouche est décoré d'un compartiment de bandes formant des entrelacs lesquels renferment des rosettes. Avoir fait et pris dans les blocs de marbre toute l'architecture desdits vases.

Evalué chaque vase de marbre, qui sont très délicatement travaillés et parfaitement bien finis, avec toute l'étude, le soin, et l'attention possible, à 7.000 liv., fait pour les deux grands vases.. 14.000 liv.

Plus avoir fait exprès de ces vases deux modèles grands comme l'ouvrage, en avoir fait les moules et les plâtres pour les poser en place.

Evalué le tout ensemble à la somme de. .... 2 000 liv.

Total...................... 16.000 liv.

Une note vient compléter ces renseignements :

Nota. — Les deux vases et deux autres de la même proportion, l'un de M. Pigalle, et l'autre de M. Adam le cadet, représentant la saison de l'*Automne,* sont payés. Comme tous les quatre sont faits et qu'il ne reste plus que le parfait paiement à faire des deux de M. Verberck, M. de Vandières a donné ordre, le 26 août 1753, de les placer dans la salle des Antiques, jusqu'à ce qu'ils soient déposés dans les jardins de Choisy.

(O¹ 1922 b)

Le parfait paiement est du 10 décembre 1760 :

Au sr Verberck.

1.500 liv. etc... pour faire... etc... le parfait paiement de

8.000 liv. à quoi montent deux vases de marbre blanc, représentant le *Printemps*, estimés chacun 4.000 liv. déposés à la salle des Antiques, et destinés pour les jardins du château de Choisy ; faits et livrés en 1753, suivant un mémoire certifié, ci.. 1.500 liv.

    (O¹ 2258)

Le prix des deux vases avait donc été *modéré* à la moitié de l'évaluation faite par l'artiste. Les deux vases furent envoyés à la Malmaison le 6 germinal, an IX, sur l'ordre de Chaptal. (V. Archives du musée des Monuments Français, T. III, p. 229).

L'un d'eux fut ramené au Louvre et s'y trouve aujourd'hui, sous le n° 744. L'autre est resté, très mutilé, dans le parc de la Petite Malmaison (V. Appendice).

Jean-Joseph VINACHE

Modèle du mausolée du cardinal Fleury

Le parfait paiement en fut effectué le 16 février 1747 :

Au sᵣ Vinache, sculpteur, 2.340 liv. pour faire... etc... le parfait paiement de 4.940 liv. à quoi monte un modèle du mausolée du cardinal Fleury et un bas-relief, etc. 2.340 liv.

    (O¹ 2346)

Le bas-relief mentionné dans ce document est celui que Vinache avait exécuté pour la chapelle de Versailles. Le modèle du mausolée fut exposé au Salon de 1743.

Amphitrite

Mémoire d'une figure en pierre représentant *Amphitrite* qu'il a exécutée pendant l'année 1749.

Cette figure à demi couchée a 6 pieds de proportion.

Elle a été exécutée en pierre de St-Maur pour faire l'épreuve de ladite pierre, qui est plus ingrate à mettre en œuvre que la pierre de Tonnerre ; elle avait été destinée pour l'hôtel de Lavallière.

Estimée. . . . . 1.200 liv.

Nota. — M. Lépicié fera retirer de l'hôtel de Lavallière ladite figure et il la fera poser dans la salle des Antiques au Louvre.

(O¹ 1922 b)

Le parfait paiement est du 25 mai 1753 :

Au sʳ Vinache, pour son paiement d'une figure en pierre, représentant *Amphitrite*, qu'il a faite pour le service du Roi, pendant l'année 1749, suivant un mémoire certifié.

Ci. . . . . 1.200 liv.

(O¹ 2249)

Le rapport ci-dessous nous donne l'histoire de cette commande et de la commande suivante :

17 juillet 1753.

Observation sur un mémoire de demande du prix d'une figure représentant *Amphitrite* que le sʳ Vinache a fait en pierre de St-Maur, pour le jardin de l'hôtel de Lavallière à Paris, en 1749, laquelle vient d'être payée 1.200 liv. sur le compte du Roi, à qui elle avait été réglée par M. Lépicié.

Feu M. de Tournehem ayant ordonné au sʳ Vinache, sculpteur, deux groupes d'enfants en plâtre pour le jardin de l'hôtel de Lavallière, lesquels étant posés en place ont été payés par M. de Tournehem 800 liv., y compris les modèles. Quelque temps après le paiement fait, M. de Tournehem ayant trouvé ces deux groupes d'enfants assez beaux, ordonna au sʳ Vinache de les exécuter en marbre pour le Roi. Comme ordinairement les modèles des ouvrages ordonnés pour Sa Majesté sont payés sur son compte, cet artiste en ayant reçu le paiement des deniers de M. de Tournehem, il convint avec le sʳ Pillot qu'il ferait une figure de pierre de St-Leu pour le jardin de l'hôtel de Lavallière afin d'indemniser ce ministre du prix des deux modèles qui doivent être payés par le Roi.

Comme on commençait en ce temps-là à exploiter la carrière de St-Maur, M. de Tournehem voulant éprouver la pierre de cette carrière en fit donner un bloc au sʳ Vinache, au lieu de pierre de

St-Leu, pour faire la dite figure, laquelle pierre s'est trouvée très dure et très difficile à travailler, au lieu que celle de St-Leu est très tendre et très aise à couper...etc...

(O¹ 1921 a)

Copie d'un groupe de SARRAZIN

Mémoire de l'estimation faite de l'état dans lequel était la copie du groupe des enfants de SARRAZIN, avec son piédestal, lorsque le Roi l'a donné à madame la marquise de POMPADOUR.

Ledit ouvrage commencé par le sʳ VINACHE en 1746 et suivantes.

L'ouvrage que le sʳ VINACHE avait fait à cette copie lorsque le Roi l'a donné à madame de POMPADOUR, est estimé à la somme de.............................. 6.000 liv.

A Paris, ce 28 avril 1760.

Signé : COCHIN.

(O¹ 1922 b)

Le groupe de SARRAZIN qui fut copié par VINACHE, représente des enfants jouant avec une chèvre. Il avait été placé d'abord dans les jardins de Marly et en fut ramené pour être copié. Déposé jusqu'à la Révolution à la salle des Antiques, il est actuellement au Muséum d'Histoire Naturelle ; la copie, inachevée à la mort de VINACHE, fut terminée par GILLET (V. ce nom).

Un groupe d'Enfants

Mémoire de l'estimation faite d'un groupe original, représentant *deux Enfants* avec accessoires, commencé pour le service du Roi, sous les ordres de M. de TOURNÉHEM, Dʳ G¹... etc... par le feu sʳ VINACHE, ès-années 1748 et suivantes.

Ce groupe d'enfants, de proportion naturelle, a été composé et commencé en marbre par le feu s' Vinache, et l'ouvrage qu'il y avait fait a été estimé............ 3.500 liv.

A Paris, ce 28 avril 1760.

Signé : Cochin.

(O¹ 1922 b)

Le groupe inachevé à la mort de Vinache fut terminé par Gillet.

Le parfait paiement eut lieu en même temps que celui de l'*Aurore*, le 8 août 1760.

Le modèle en plâtre de ce groupe fut exposé au Salon de 1747. Voici la description que nous donne de ce groupe le livret du Salon :

« Un modèle en plâtre d'un groupe de deux enfants, pour le « Roi. Le groupe représente un garçon et une fille qui badinent « avec des fleurs et se disputent un bouquet et un vase rompu. »

Cette description correspond fort exactement à un groupe que nous trouvons représenté par une gravure du catalogue des statues du marquis de Marigny ; le catalogue attribue ce groupe à Frémin. Or Frémin n'a jamais fait pour le Roi aucun groupe qui corresponde à cette gravure, la comptabilité des Bâtiments n'en fait pas mention.

La liste des dons faits à M. de Marigny ne cite pas de groupe d'enfants, de sorte qu'on ignore comment et à quelle époque le directeur général devint possesseur de celui qui nous occupe ; mais cette liste ne comprend pas tous les dons faits à M. de Marigny et les attributions du catalogue ne sont pas toujours exactes. Nous croyons donc pouvoir identifier le groupe fait pour le Roi par Vinache avec celui que nous trouvons parmi les statues de Ménars. Négligée par les commissaires du gouvernement, Visconti et Durouxy, qui le jugeaient d'un style médiocre, cette œuvre d'art n'était plus à Ménars en 1881, au moment de la vente des statues.

Modèle en terre d'un groupe d'Enfants

Mémoire d'ouvrages et de déboursés faits sous les ordres de M. de Tournehem, D' G¹, etc... par le s' Vinache pendant l'année 1753.

Le modèle en terre d'un *groupe d'Enfants* qui devait accompagner celui en marbre qui a été terminé après sa mort par le s' Gillet.

Ledit ouvrage évalué......................... 500 liv.

A Paris, ce 2 avril 1760.

COCHIN.

(0¹ 1922 b)

Cet ouvrage pendant du précédent ne fut pas exécuté en marbre comme le prouve cette note de MONTUCLA.

« M. le D^r général a décidé qu'il n'y aurait qu'un de ces groupes « d'exécuté, suivant l'estimation de 6.500 liv. Par la mort du s^r « VINACHE il a été pris des arrangements pour l'achèvement dudit « groupe. (V. le traité fait entre la dame veuve VINACHE et le s^r « GILLET, sculpteur) (1) ».

NOTA. — Les modèles de ces deux groupes sont faits ; il y en a un qui est ébauché en marbre.

(0¹ 1979.)

Une lettre de VINACHE, du 13 août 1755, donne l'histoire de ses deux groupes.
« ... J'ai fait deux modèles que j'ai moulé en plâtre pour deux « groupes d'Enfants que m'avait ordonné feu M. de TOURNEHEM et « qu'il m'avait payé 800 liv. ».

. . . .

« J'ai fait plus ; M. de TOURNEHEM m'ayant ordonné d'exécuter « en marbre pour le Roy les deux groupes d'Enfants que je lui « avois fait et moulé en plâtre. J'ai été obligé de répéter ses deux « modèles en plâtre... »

(0¹ 1922 a)

L'Aurore

Mémoire des ouvrages de sculpture en marbre faits pour le service du Roi, suivant les ordres de M. de TOURNEHEM, D^r G^l etc... par le s^r VINACHE, sculpteur, pendant l'année 1748 et suivantes.

Une figure représentant l'*Aurore*, de la proportion de six pieds de hauteur.

Ladite figure de marbre commencée par le s^r VINACHE estimée dans l'état où elle est restée. Ci.......... 8.000 liv.

(1) Ce traité a été imprimé dans les *Nouv. Arch. de l'art français,* T. VIII, p. 207.

Je soussigné, secrétaire... etc... certifie à M. le marquis de Marigny, commandeur,... etc... que l'ouvrage mentionné au présent mémoire a été fait pour le service du Roi, à Paris.

Ce 12 juillet 1760.

Signé : Cochin.

(0¹ 1922 b)

Cette commande inachevée à la mort de Vinache, fut terminée par F. Gillet (V. ce nom).

Le plâtre de la statue avait été exposé au Salon de 1746, la statue elle-même fut donnée à M. de Marigny le 22 mars 1768, et figure au catalogue des statues de Ménars sous le n° 5 ; elle fut achetée en 1881 par le baron Edmond de Rothschild pour la somme de 61.050 ; elle figure encore actuellement dans la collection de ce dernier.

Le parfait paiement des sommes dues à Vinache fut effectué le 8 août 1760.

A la veuve et aux héritiers du sr Vinache, 2.900 liv... etc... pour faire... etc... le parfait paiement de 19.900 liv. à quoi montent les ouvrages de sculpture en marbre qu'il a faits pour le service du Roi, savoir :

Un groupe de *deux Enfants et une Chèvre*, qu'il a fait ; un autre représentant *deux Enfants* de proportion naturelle, qu'il a commencé.

Une figure représentant l'*Aurore* qu'il a aussi commencée et un autre *groupe d'Enfants*, et son piédestal, qu'il a restauré (1), lesdits ouvrages faits pendant les années 1746-1748 et 1753, suivant quatre mémoires certifiés.

Le premier de 6.000 liv., le deuxième de 8.000 liv., le troisième de 4.400 liv. et le quatrième de 1.500 liv.

Ci... 2.900 liv.

(0¹ 2256, p. 348).

(1) Il s'agit ici de la restauration du groupe de Sarrazin

APPENDICE

———

Notes sur quelques ensembles de sculpture

———

1735-1740

Figures en plomb pour la décoration du bassin d'Apollon dans le parc de Versailles

Adam l'aîné : Le *Triomphe de Neptune et d'Amphitrite.*
J.-B. Lemoyne : L'*Océan.*
Bouchardon : *Protée.*

Modéles pour le Mausolée du Cardinal de Fleury

Exposés au Salon de 1743.

Adam le jeune.
Bouchardon.
J.-B. Lemoyne.
Ladatte.
Vinache.

1742-1747

Quatre Vases

Ces quatres vases avaient été commandés pour le parc de Choisy l'architecte Gabriel en avait dessiné le projet, aucun d'eux ne fut mis en place.

1º Verberck. — Deux vases aux attributs du *Printemps.*

(L'un est au Louvre, l'autre dans le parc de la Petite-Malmaison).

2° ADAM le jeune. — Un vase aux attributs de l'*Automne*.

3° PIGALLE. — Un vase aux attributs de l'*Automne*.

Tous deux dans le parc du château de de MÉNARS.

1743-1748

Statues pour un bosquet de Versailles

Aucune de ces statues ne fut jamais mise en place.

ADAM le jeune : *Iris*, terminée par CLODION.

              (Magasins de Versailles).

VINACHE : L'*Aurore*, terminée par GILLET.

              (Collection Edmond de Rothschild).

FRANCIN : *Ganymède*, terminée par DUPRÉ.

              (Château d'Havrincourt).

Année 1751

Pour Choisy

LÉPICIÉ écrivait à M. de VANDIÈRES, le 1er octobre 1752, la lettre suivante : « Je vous ai parlé, Monsieur, au sujet d'un bosquet de Choisy dont vous avez approuvé le plan offert par feu M. COYPEL et qui doit s'appeler *bosquet de la Paix*.

« Suivant la distribution que vous avez faite des ouvrages de sculpture qui doivent l'orner et qui consiste en un groupe et quatre figures de marbre, vous avez donné à faire à Michel-Ange SLODTZ le groupe de la *Victoire qui ramène la Paix*. Vous avez donné la figure d'*Apollon* au s^r LEMOYNE; l'*Abondance* au s^r ADAM l'aîné; la figure de *Mercure* au s^r SALY. Mais comme cet artiste va en Danemark, j'ai eu l'honneur de vous proposer à sa place le s^r COUSTOU qui aura terminé à la fin de l'année la figure d'*Apollon* (1) qu'il fait pour le

(1) Dans le parc de Versailles aujourd'hui au rond-point de l'Etoile.

château de Bellevue. Il y a de plus, la figure de *Minerve*. Si vous n'avez pas, Monsieur, de destination pour cette figure, je crois que Paul SLODTZ, frère de Michel-Ange, serait en état de s'en acquitter avec succès. »

Une seule de ces statues fut exécutée pour le Roi, encore ne fut-elle jamais mise en place.

MICHEL-ANGE SLODTZ : La *Victoire qui ramène la Paix* (non exécutée).

J.-B. LEMOYNE : *Apollon* (non exécuté en marbre pour Louis XV. Commandé par Frédéric II, galerie des tableaux de Sans-Souci).

ADAM l'aîné : L'*Abondance* (appartient au baron Edouard de Rothschild).

SALY : *Mercure*. Commandé ensuite à GUILLAUME II COUSTOU (non exécuté).

Paul SLODTZ : *Minerve*. Commandée ensuite à FALCONET, puis à PAJOU (*Vénus-Uranie*) (non exécutée).

1753

Quatre statues pour Crécy

Le 6 juillet 1753, M. de VANDIÈRES écrivait à LÉPICIÉ :

« J'approuve, Monsieur, que les s^rs COUSTOU et VASSÉ fassent les deux petites statues qui restent à donner pour Crécy... etc... et vous vous ressouviendrez que je veux conserver ces cinq dessins de BOUCHER. »

Nous retrouvons dans le *Catalogue de la collection du marquis de Marigny* les dessins dont il est question ici.

Boucher, n° 194. — Sept dessins en feuilles, dont cinq à la plume et au bistre ; ils représentent une *Jardinière*, une *Batteuse de beurre*, une *Laitière*, etc. Ils ont été exécutés en pierre de Tonnerre et placés au château de Crécy.

Voici ce que dit Falconet de cette commande :

« J'ai exécuté une figure pour la laiterie de Crécy, d'après un croquis de Boucher. MM. Coustou, Allegrain et Vassé en firent autant ; mais c'est que Boucher était Boucher et qu'il y eut des ordres supérieurs ; avec tout cela, ce n'est pas la plus belle action que nous ayons pu faire de notre vie (Falconet. Œuvres complètes. T. II, p. 158).

Allegrain : Une *Batteuse de beurre;*

Guillaume II Coustou : Une *Marchande d'œufs;*

Falconet : Une *Jardinière;*

Vassé : Une *Laitière.*

Le château de Crécy ayant été pillé et détruit pendant la Révolution, ces statues ont sans doute disparu à cette époque, mais il en avait été fait, pour la manufacture de Sèvres, de petits modèles dont les plâtres existent encore aujourd'hui

1778

Six bustes pour M. de Marigny

Le 5 janvier 1778, d'Angiviller écrivait à Pierre : « J'ai besoin, Monsieur, de faire exécuter pour le compte du Roi les 6 bustes suivants : du *Maréchal de Saxe*, du *Cardinal de Fleury*, du *Chancelier d'Agüesseau*, de *M. de Trudaine*, de *Montesquieu* et de *Voltaire*. Il faut qu'ils soient en marbre et que compris le piédouche du même marbre, ils aient juste 2 p. 1/2 de hauteur, étant destinés à faire suite et décoration dans un même appartement. »

Une note nous apprend de plus que : « Ces six bustes ont été ordonnés et exécutés pour être livrés à M. le marquis de Marigny et Ménars et lui faire valeur d'échange de divers vases de porphyre et de marbre que M. le D^r général a cru devoir faire rentrer dans les mains du Roi. Les papiers qui traitent de cet échange doivent être dans les liasses dubureau de M. de Montucla. »

(O¹ 1922 a)

Ces bustes se retrouvent dans le catalogue de la collection Marigny, sous les nᵒˢ 200, 201, 202.

En voici la liste :

Gois.....	*Le cardinal Fleury.* *Trudaine.*
Lecomte.	*D'Aguesseau.* *Montesquieu.*
Mouchy.	*Voltaire.* *Le maréchal de Saxe.*

Le paiement de ces bustes fut effectué le 26 juillet 1780. (Registre du Louvre). Mouchy dut recommencer ceux par lui avaient été commandés.

(V. Corresp. de M. d'Angiviller, T. I, p. 163).

___

Les Statues d'Hommes illustres.

Le 14 mars 1776, d'Angiviller exposait à Pierre un projet destiné à encourager les sculpteurs ; le projet était de commander tous les deux ans quatre statues d'hommes illustres de l'histoire de France. Ces statues devaient être payées 10.000 livres; les auteurs devaient fournir en même temps un modèle en petit pour la manufacture de Sèvres; ce modèle leur était payé 1.000 livres (1).

Les statues achevées avant la Révolution furent déposées à la salle des Antiques et y restèrent jusqu'à la dispersion de celle-ci.

(1) La statue de *Montaigne* par Stouf (achevée en 1800 celle de *d'Alembert* par Lecomte (achevée en 1808), toutes deux à l'Institut furent commandées pour compléter cette série.

V. aussi *Inventaire des Richesses d'Art*. Paris. — *Monuments civils*, t. I, pp. 6, 7, 8, et Guiffrey. Les marbres du palais de l'Institut (*Journal des Savants*, 1904, p. 690). — *Corresp*. de M. d'Angiviller, t. I, p. 80-81.

A une date que nous n'avons pu déterminer avec précision, quelques-unes de ces statues furent envoyées au palais de l'Institut. Celles qui représentaient des guerriers, furent placées au Louvre dans la salle des grands hommes, supprimée par Louis-Philippe ; à la fondation du musée de Versailles, elles y furent envoyées et y restèrent.

Nous en donnons ici le tableau complet : Les statues y ont été groupées d'après les dates des commandes. Mais comme on a pu s'en rendre compte, elles n'étaient pas toujours prêtes pour être exposées au Salon auquel elles étaient destinées. Un certain nombre d'entre elles ne furent achevées et livrées que pendant la Révolution ; leur nom est imprimé en italiques.

1776 pour le Salon de 1777.

DESCARTES.	*Pajou.*	Institut.
SULLY.	*Mouchy.*	Institut.
L'HÔPITAL.	*Gois.*	Compiègne.
FÉNÉLON.	*Lecomte.*	Institut.

1778 pour le Salon de 1779.

D'AGUESSEAU.	*Berruer.*	Compiègne.
BOSSUET.	*Pajou.*	Institut.
MONTESQUIEU.	*Clodion.*	Institut.
CORNEILLE.	*Caffieri.*	Institut.

1779 pour le Salon de 1781.

PASCAL.	*Pajou.*	Institut.
MONTAUSIER.	*Mouchy.*	Institut.
TOURVILLE.	*Houdon.*	Versailles, n° 2858.
CATINAT.	*Dejoux.*	Versailles, n° 2857.

1781 pour le Salon de 1783.

TURENNE.	*Pajou.*	Versailles, n° 2836.
MOLIÈRE.	*Caffieri.*	Institut.
VAUBAN.	*Bridan.*	Versailles, n° 2851.
LAFONTAINE.	*Julien.*	Institut.

1783 pour le Salon de 1785.

DUQUESNE.	*Monnot.*	Versailles, n° 2838.
MOLÉ.	*Gois.*	Institut.
RACINE.	*Boizot.*	Institut.
CONDÉ.	*Roland.*	Versailles, n° 2835.

1785 pour le Salon de 1787.

ROLLIN.	*Lecomte.*	Institut.
LUXEMBOURG.	*Mouchy.*	Versailles, n° 2650.
BAYARD.	*Bridan.*	Versailles, n° 573.
SAINT VINCENT-DE- PAUL.	*Stouf.*	Hospice des Enfants-Assistés.

1787 pour le Salon de 1789.

LAMOIGNON.	*Pajou.*	Non exécuté.
LE POUSSIN.	*Julien.*	Institut.
DUGUESCLIN.	*Foucou.*	Versailles, n° 1852.
J.-D. CASSINI.	*Moitte.*	Institut.

ERRATA ET ADDENDA

P. 8. — Dernière ligne, lire 10.000 liv. et non 1000 liv.

P. 9. — Ligne 4. Même observation.

P. 13. — *Buste de Louis XVI.*

Le buste conservé au petit Trianon est par PAJOU, ce n'est donc pas celui dont il est question ici, ce dernier semble avoir disparu.

P. 13. — *Protée.*

BOUCHARDON fit également les deux groupes d'enfants jouant avec des dragons.

P. 17. — L'*Amour.*

Le mémoire détaillé de cet ouvrage a été publié dans les Archives de l'Art français, T. I., p. 192.

P. 20. — *Zéphyre et Flore.*

D'après les *Comptes des bâtiments du Roi sous Louis XIV* (T., V, p. 695-696), ce groupe avait été d'abord commandé pour les jardins du Grand Trianon.

P. 20-21. — *Vulcain.*

D'après la *Revue universelle des Arts.* (VII, p. 172), cette statue fut déposée à son emplacement actuel en 1858.

P. 22. — Lignes 23 et 27. Lire PIERRE au lieu de d'ANGIVILLER et réciproquement.

P. 24. — *Statue de Corneille.*

Il en existe un modèle en terre au musée de Rouen.

P. 30. — En juin 1775, le *Passage du Rhin* se trouvait encore dans l'atelier de BERRUER et d'ANGIVILLER en ordonnait le transport à la salle des Antiques.

P. 32. — *Cérès.*

Lire 3.500 liv. et non 5.500 liv.

P. 36. — *Les Chevaux de Marly.*

V. le Mémoire détaillé *Nouv. Arch. de l'Art Franç.* 1878, p. 316-318.

P. 39. — *Statue de Louis XV.*

Une lettre de d'ANGIVILLER à COUSTOU, du 7 mai 1776, ordonne le transport de cette statue, par bateau, à Ménars ; là, elle fut placée dans une colonnade du jardin comme nous le constatons par l'inventaire après décès de M. de MARIGNY. Elle n'est pas mentionnée dans le catalogue illustré de Ménars. (V. PLANEET, ouv. cité, p. 113-115 et *Nouv. Arch. de l'Art. Franç.* 1878, p. 340).

P. 39. — Le tombeau du Dauphin fut commandé à Guillaume II COUSTOU par la lettre suivante :

du 24 novembre 1766.

J'ai trouvé, Monsieur, que la soumission que vous avés faite, pour le tombeau de Mgr le Dauphin, remplit ce qui est proposé par le mémoire estimatif qui m'avoit déjà été remis, et sur lequel le Roy s'est déterminé a approuver ce monument ; je vous autorise à son exécution. La somme de 150. 000 liv. à laquelle monte votre devis vous sera ordonnée à fur et à mesure qu'il me sera rendu compte de l'avancement de cet ouvrage, et je ne doute pas que votre respect pour le prince à la mémoire duquel il est consacré ne vous engage à apporter tous vos soins à sa perfection.

Je suis, ete...

Le Mis de MARIGNY

(O¹ 1115. p. 820.)

P. 43. — Voici la lettre que M. de MARIGNY adressa à FALCONET, pour répondre à ses propositions.

25 mars 1762.

Je ne puis croire, Monsieur, que vous ayés assés peu réussi dans l'ouvrage que vous avés entrepris d'après les desseins de M. COYPEL. Je ne puis attribuer tout le mal que vous m'en dites qu'au degré de perfection que vous voulés dans tout ce que vous faites ; mais, malgré ma façon de penser toute opposée à la vôtre, je n'insisterai point pour vous engager a le finir, comme aussi je ne souscrirai pas à l'arrangement que vous me proposés de faire retenir sur vous les arrérages d'une pension aussi bien méritée et ceux qui pourront échoir, jusqu'à concurrence des 9000 liv. que vous avés reçu à compte de ce groupe. Le Roy, porté à favoriser les arts et à distinguer un artiste tel que vous, seroit faché que vôtre désintéressement vous fît faire, aux dépends de votre fortune, un sacrifice de cette importance.

Vous jouirez donc, Monsieur, des arrérages échus de votre pension, aussitôt qu'il sera possible de vous les faire payer, et, successivement de cette même pension à son échéance ; et, pour vous mettre en règle sans retour sur cette affaire, je viens d'expliquer mes intentions à M. Cochin afin de vous tranquilliser, tant sur les 9000 liv. que sur cet ouvrage que je souhaite de faire achever, sans qu'il soit question que vous vous en soyés occupé, au moyen de l'expédient dont il sera fait usage.

Je suis, etc. . . . .

Le Mi• de MARIGNY

(Oᵗ· 1109 p. 94.)

P. 44. — *La Musique.*

C'est le petit modèle en plâtre de cette statue et non le marbre qui fut exposé au Salon de 1751.

P. 46. — L'*Hiver.*

En 1794, FALCONET, demandait à M. de MARIGNY de placer sa statue, après achèvement, dans le Jardin des Tuileries, ce qui lui fut refusé. (V. Corresp. de M. de MARIGNY, T. I, p. 311-312.)

D'après des renseignements donnés par MM. les Conservateurs du Musée de l'Ermitage, la statue retrouvée récemment au palais d'Hiver, ne serait pas l'œuvre de *Falconet*; cette dernière aurait été donnée par Catherine II, à un prince allemand allié à la famille impériale. Les recherches faites par nous à Berlin, Weimar, Gotha, Cobourg, Darmstadt et Cassel ne nous ont donné que des résultats négatifs ; cette statue de l'*Hiver* est donc à retrouver ; en voici la description d'après le livret du Salon de 1765.

Par M. FALCONET, professeur.

Une figure de femme assise.

« Cette figure composée pour le milieu d'un bosquet de plantes à fleurs d'hiver, en représente la saison relativement à ces plantes. Elle les prend sous sa garde, et par ses soins les fait fleurir. On a mis pour attribut un vase que l'eau gelée dedans a brisé. Les figures du Capricorne et du Verseau sont marquées sur le siège de la figure.

« Cette figure s'exécute en marbre de la proportion de 6 pieds, pour le Roi. »

Une lettre de DIDEROT, à BETZKY, décrit cette statue de la manière suivante : « Une femme assise qui enveloppe d'un peu de sa robe des fleurs d'hiver ». (Œuvres de Diderot, XIX, p. 46o).

D'après l'éloge de Falconet, par Robin, (*Revue universelle des Arts*, T. XV, p. 245), le modèle en plâtre de l'*Hiver* aurait été envoyé en Angleterre, où le peintre Reynolds en aurait fait graver une image sur pierre dure.

P. 49. — *Buste de Trudaine.*

Ce buste appartient aujourd'hui à Mme Edouard André.

P. 58. — Statue d'*Hébé*.

Peut-être le rédacteur de la comptabilité des bâtiments a-t-il commis une erreur en écrivant *Hébé* au lieu du nom d'*Hersé*, qui fut quelquefois prise comme allégorie de la *Jeunesse* et était déesse de la *Rosée*.

P. 59. — *La Compagne de Diane* de *Lemoyne* faisait pendant, dans le parc de la Muette, non pas à la *Clytie* de *Lepautre*, mais à une *Compagne de Diane* de *Poirier*.

P. 63. — Ligne 2. V. Gaston Brière. — *Le Tombeau du Cardinal Fleury* (Bulletin de la Société d'Histoire de l'Art français 1908, n° 3 p. 112).

P. 63. — La lettre suivante écrite par d'Angiviller au fils ainé de J.-B, Lemoyne nous donne l'histoire du modèle de l'*Apollon* ; le sculpteur aurait-il, après avoir acheté le marbre, livré à Frédéric II la statue commandée pour Louis XV ?

du 15 juin 1778.

J'ai reçu, Monsieur, le mémoire que vous m'avez adressé tant en votre nom qu'en celui des héritiers de feu M. Le Moyne, votre père, et par lequel vous me demandez mon agrément pour faire finir dans son atelier au Louvre par M. D'Huez les ouvrages dont cet artiste célèbre avait été chargé par S. M. et que la maladie dont il étoit affecté depuis longtemps l'a obligé de laisser imparfaits (1). Vous m'informés aussi du peu d'avancement d'une figure d'*Apollon* qu'il devoit exécuter et dont il n'a pu encore faire encore que le modèle, que vous offrés de céder au Roy, en compensation d'un acompte de 1200 liv. qu'il avoit reçu pour cette ouvrage.

Je ne puis qu'approuver le choix que vous avés fait avec vos cohéritiers de M. D'Huez, pour terminer les ouvrages de M. Le Moyne et je consens bien volontiers qu'il s'achèvent dans l'atelier qu'il avoit au Louvre, dont en conséquence la disposition n'aura lieu que lorsqu'ils auront reçu la dernière main. Je crois aussi devoir à la mémoire de M. LE MOYNE et à la considération du peu de fortune qu'il laisse, malgré ses talens et sa vie laborieuse de décharger sa succession de l'acompte de 1200 liv. qu'il avoit reçu pour la figure d'*Apollon* dont il étoit chargé, en acceptant pour S. M. le modèle en plâtre qu'il en avoit fait ; j'ai chargé M. PAJOU de la faire transporter au cabinet des sculptures de S. M..., etc.

J'ai l'honneur d'être, etc...

d'ANGIVILLER

(O¹· 1122. p. 462)

P. 72. — Au mois d'août 1763, le modèle en grand du tombeau de CRÉBILLON était achevé. comme nous l'apprend une lettre de MARIGNY (O¹ 1110, p. 471). LEMOYNE était mort sans le terminer, d'HUEZ fut chargé de ce travail qui prit fin en 1779 ; d'ANGIVILLER en ordonna aussitôt le transport à la salle des Antiques (O¹1135, p. 315).

(1) Le tombeau de Crébillon et la statue de Louis XV.

P. 73. — Bustes de *Voltaire* et du *Maréchal de Saxe*.

Le parfait paiement est du 26 juillet 1780.

Reçu..... etc..... une ampliation extraite de l'ordonnance du 26 juillet 1780 adressée au sieur *Mouchy*, sc. de la somme de 4.800 liv. pour son paiement de deux bustes en marbre de grandeur naturelle qu'il a fait pour le service de S. M. en 1778 et 1779 ; l'un représentant le *Maréchal comte de Saxe* et l'autre *M. de Voltaire* suivant un mémoire arrêté et certifié.

Reçu,..... etc.....

28 juillet 1780.

signé : Mouchy.

(Registre du Louvre).

Mme Edouard André possède un buste du *maréchal de Saxe* qui pourrait être celui dont il est question ici.

P. 75. — Copie de l'*Amour*, d'après *Bouchardon*.

Le parfait paiement est du 5 avril 1784 :

Reçu..... etc..... une ampliation..... etc..... de l'ordonnance du 30 mars 1784 adressé au sieur *Mouchy*, sc. de la somme de 1.000 liv. pour faire..... etc..... le parfait paiement de

6.ooo liv. à quoi monte une copie de la figure de l'*Amour* d'après *Bouchardon*.

Reçu, etc....
6 avril 1784.
signé : Mouchy

(Registre du Louvre).

P. 76. — *Harpocrate*. Ajouter : estimée..... 10.000 liv.

P. 79, ligne 9, lire : *Salon de 1773* au lieu de 1777.

P. 81. — *La France embrassant le buste de Louis XV.*

Après son achèvement, par Dumont, ce groupe fut envoyé à la salle des Antiques, il fut déposé, pendant la Révolution, au Musée des Monuments français ; il fut donné par le gouvernement de la Restauration, à la ville de Libourne, le 24 décembre 1819. Il se trouve aujourd'hui au musée de cette ville.

Même page. — *Buste du Dauphin.*

Pajou avait exposé un buste du Dauphin au Salon de 1767.

P. 87. — Le *Mercure* et la *Vénus* sout placés actuellement au haut de l'escalier du musée Empereur-Frédéric, à Berlin.

P. 99. — *Statue de Saint-Vincent de Paul.*

Au sujet de la commande du marbre de cette statue par le gouvernement révolutionnaire, voir *Revue universelle des Arts,* T. XIX, p. 69.

P. 102, ligne 10, lire : 1763 et non 1753 ; ligne 13, lire : 1819 et non 1619.

P. 111. — Lire *Bassin de Neptune* et non *Bassin d'Apollon.*

P. 111. — V. Ch.-Et. Pesselin. — *Lettre sur les modèles exposés au Salon pour le mausolée de S. E. le C*al *Fleury,* et une *Chanson sur le même sujet.* (*Arch. de l'Art français,* T. V, p. 62.)

TABLE DES MATIÈRES

Le Mans. — Imprimerie Monnoyer, 12, place des Jacobins. — 1908.

www.ingramcontent.com/pod-product-compliance
Ingram Content Group UK Ltd.
Pitfield, Milton Keynes, MK11 3LW, UK
UKHW020211130726
13696UKWH00002B/839